charles dickens

* 이 도서의 국립중앙도서관 출판시도서목록(CIP)은 서지정보유통지원시스템 홈페이지(http://seoji.nl.go.kr)와
국가자료공동목록시스템(http://www.nl.go.kr/kolisnet)에서 이용하실 수 있습니다.
(CIP제어번호: CIP2014008233)

charles dickens

찰스 디킨스 밤 산책

이은정 옮김

차례

일러두기

1 이 책의 번역 대본으로는 Charles Dickens, *The Uncommercial Traveller and Other Papers*, *1859~1870*(Dickens' Journalism vol.4), ed. Michael slater·John Drew, London: J.M.Dent, 2000를 사용했습니다.

2 본문의 주는 모두 옮긴이의 것입니다.

밤 산책

몇 년 전 괴로운 일로 일시적인 불면증을 겪는 바람에 여러 날 이어서 밤새 거리를 돌아다닌 적이 있다. 만약 그때 소심하게 침대에 누워 견뎠더라면 그 상태를 극복하는 데 오랜 시간이 걸렸을 것이다. 하지만 침대에 누웠다가도 지체 없이 일어나 밖으로 나간 다음 동틀 무렵에야 피곤한 몸을 이끌고 돌아오는 적극적인 처방 덕분에 빨리 그 상태를 물리칠 수 있었다.

그렇게 밤을 보내는 동안 나는 아마추어 노숙자 체험 과정을 이수했다. 밤을 지새우겠다는 1차 목표를 세우고 추구하면서, 나는 일 년 내내 매일 밤 특별한 목적도 없이 밤을 새우는 사람들에게 공감할 수 있게 되었다.

때는 3월이었고, 날씨는 눅눅하고 흐린 데다 쌀쌀했다. 다섯 시 반이 넘어야 동이 텄고, 밤 길이가 족히 열두 시간 반은 되는 것 같았다. 그 정도가 내가 헤쳐 나가야 할 시간이었다.

　잠들기 전 몸을 이리저리 뒤척이는 듯 어수선한 대도시의 분위기는 우리 같은 노숙자들에게 첫손 꼽는 즐거운 볼거리요 생각거리가 되어주었다. 그런 분위기는 약 두 시간 지속되었다. 밤늦게 구빈원의 불빛이 꺼질 때쯤 우리는 대부분의 동행인을 잃어버리는데, 그때쯤 술집 종업원이 시끄러운 술꾼들을 마지막으로 거리로 내쫓는다. 그러면 그 후 갈 곳 없는 마차와 배회하는 사람들은 우리들 차지다. 혹시 지독히 운이 좋으면 경찰관의 곤봉이 튀어 오르고 소동이 일어나지만, 놀랍게도 그런 볼거리는 별로 생기지 않는다. 다만 런던에서도 관리가 최악인 헤이마켓에서는 예외다. 보로우의 켄트 가 근방과 올드 켄트 로드[1]의 일부도 웬만한 폭력이 아니고서는 좀처럼 평화가 깨지지 않는다. 하지만 런던도, 마치 그 안에 있는 시민들을 흉내 내듯 몸을 뒤척이며 자다 깨다 하기를 멈추기 마련이다. 어쨌든 조용해졌나 싶을 때 어쩌다 승합마차 한 대가 덜컹거리며 지나가면 반드시 뒤따라가는 대여섯 명이 있다. 그러면 노숙자들의 눈에도 취객들이 자석처럼 서로 이끌리는 모습이 보인다. 그래서 우리는, 주정뱅이 한 명이 상점 셔터에 기대어 비틀거리고 있는 걸 보면 오 분도 안 되어 또 한 명의 주정뱅이가 비틀거리며 나타나 의기투합하거나 싸움을

1　Old Kent Road, 런던 남동부에 위치하며, 도버에서 홀리헤드까지 연결되는 로마식 도로인 워틀링 가의 일부로 편입하는 런던에서 가장 오래된 도로 중 하나.

벌이게 되리라는 것을 알았다. 가느다란 팔에 부어터진 얼굴, 입술이 납빛으로 창백한 늘 보는 술주정뱅이 종자들에게서 벗어나면 드물지만 좀 더 점잖은 행색의 종자들을 만나는데, 오십 명 중 한 명은 꼬질꼬질한 상복 차림이다. 밤에도 거리는 낮에 겪는 것과 똑같은 경험을 한다. 평범한 사람이 이 작은 구역에 예상치 않게 들어왔다 예상치 않게 과음하게 되는 것이다.

마침내 이런 가물거리는 불빛 ― 늦게까지 파이나 뜨거운 감자를 팔면서 남아 있던 가게에서 새어 나오던, 마지막 깨어 있는 삶의 진정한 불빛이다 ―도 점점 희미해지다 꺼져버리고, 런던도 휴식에 들어간다. 그러면 노숙자들은 갈망하는 마음으로 어디 동행할 만한 사람은 보이지 않는지, 어디 불 켜진 데라도 있는지, 어떤 움직임은 없는지, 누구든 일어나 있다고 추측할 만한 무언가를 찾는다. 아니, 누군가 깨어 있다는 흔적이라도 찾고 싶어서 노숙자들의 시선은 불 켜진 창문을 찾아 두리번거린다.

후두둑 비 쏟아지는 거리를 걷는 노숙자들은 걷고 또 걸어도 끝없이 이어지는 얽히고설킨 거리 외에 아무것도 보지 못한다. 다만 여기저기 길모퉁이에는 둘이서 담소를 나누는 경찰이라든지 관할지역 주민을 감시하는 경감이나 경사가 보인다. 밤이 되면 노숙자들은 이따금 ―하지만 매우 드물게― 몇 미터 앞 어느 집 문가에서 밖을 흘끔거리다 슬금슬금 고개를 내미는 엉큼한 얼굴을 보게 되는데, 어느새 황급히 고개를 꼿꼿이 세우고 문 뒤로 숨어버린 남자를 보고 분명 사회에 봉사할 마음이 없음을 확인한다. 노숙자와 이 신사는 서로 일종의 흥미를 느끼고, 시간이 시간이니만큼 으스스한 침묵 속에 머리부터 발끝까지 훑어보며 말 한 마디 나누지 않고 수상쩍게 작별한다. 창문 아래턱과 징두리널에서 투두둑 빗물이 떨어지고 파이프와 물받이 홈통에서 콸콸 빗물이 쏟아지면, 머잖아 워털루 다리로 향하는 돌로 포장된 길에 노숙자들의 그림자가 드리워진다. 노숙자들은 통행료 징수인에게 '굿나잇' 인사를 하고 그의 횃불을 구경하는 일이 반 페니 가치는 있다고 여긴다. 훨훨 타오르는 횃불, 게다가 통행료 징수인의 멋진 긴 외투와 최고급 양모 목도리는 그와 잘 어울려져 보기만 해도 마음이 훈훈해졌다. 또한 온갖 처량 맞은 생각들로 가득한 밤을 거부하고 새벽이 오는 것을 개의치 않는 사람처럼 철제 책상에 쨍그랑거리며 반 페니 동전을 내려놓을 때, 그 민첩하고 쌩쌩한 동작은 훌륭한 동행이 되었다. 다리 초입에서는 용기가 필요했다. 다리가 무시무시하기 때문이다. 그 즈음은 칼로 난도질 당한 시체가 밧줄에 묶여 다리 난간 너머로 내려뜨려진 일이 있기 전이었다. 그러니까 피해자는 살아 있었고 아마도 그 당시 조용히 잠을 자고 있었을 가능성이 크며, 자신이 어떻게 될지 꿈도 꾸지 못했을 것이다. 그런데도 강은 섬뜩한 모습을 띠었고, 강둑의 건물들은 검은 수의에 싸여 있었으며, 수면에 비친 불빛은 마치 자살자들의 유령이 자신들이 떨어진 곳을 보여주려는 듯 수심 깊숙한 곳에서부터 빛나는 것처럼 보였다. 거친 달과 구름은 양심의 가책을 느끼며 금방 허물어질 듯한 침대에 누운 사

워털루 다리, 런던, 동쪽 풍경
존 애트킨슨 그림쇼의 1883년 작 유화.

람처럼 불안해 보였고, 런던의 거대한 그림자는 억누르듯 강 위로 드리워져 있었다.

다리와 두 대형 극장 사이의 거리는 기껏해야 몇백 걸음밖에 되지 않아서 금방 극장이 나왔다. 밤이 되면 그 안은 음침하고 컴컴하여 거대한 마른 우물 같고, 점점 희미해져서 보이지 않는 벽면의 좌석들, 불 꺼진 조명, 텅 빈 객석이 상상만 해도 쓸쓸하다. 요릭[2]의 해골만 빼고는 아무도 그 시간 그곳이 어떤 모습일지 전혀 알지 못할 것이다. 한번은 밤 산책을 하다 교회 종이 네

---

2 셰익스피어의 비극《햄릿》에 나오는 어릿광대.

13

시를 치고 3월의 비바람에 교회 첨탑이 흔들릴 때 그 웅장한 폐허 한 곳의 바깥 울타리를 지나 안으로 들어갔다. 이어서 희미한 등불을 들고 익히 아는 길을 더듬어 무대로 올라간 뒤 오케스트라석 — 그곳은 역병이 창궐하던 시절에 파놓은 무덤처럼 보였다 — 너머 허공을 바라보았다. 다른 것들과 마찬가지로 샹들리에도 꺼진 무대는 안쪽이 거대하고 음침한 동굴이었고, 수의로 뒤덮인 층층의 객석 말고는 안개와 연무 속에 아무것도 보이지 않았다. 내가 발을 딛고 서 있는 곳은 지난번에 관람하러 왔을 때 나폴리 농부들이 자신들을 덮칠 듯 위협하며 불타는 산의 무자비한 나무덩굴 사이에서 춤을 추던[3] 곳인데, 지금은 뱀 같은 화마가 나타나기만 하면 언제라도 녀석의 갈라진 혀끝을 덮칠 기세로 누워 있는 튼튼한 구렁이 같은 엔진 호스가 차지하고 있었다. 그때 시신 옆에 켜두는 희미한 촛불을 든 야경꾼 유령이 멀리 객석 위쪽에 출몰했다 사라졌다. 나는 무대 앞부분[4]을 비추던 등불로 머리 위 돌돌 말아놓은 장막 — 더 이상 초록색이 아니라 흑단처럼 검었다 — 을 비췄다. 하지만 내 시력은 어두운 둥근 천장에서 길을 잃었고, 난파선의 두꺼운 돛과 밧줄인 듯한 물건이 희미하게 보였다. 나는 잠수부가 되어 해저에 있는 기분이었다.

거리에 아무 움직임도 보이지 않는 얼마 안 되는 시간이면, 가

---

3 오베르(Auber)의 오페라 〈마사니엘로(Masaniello)〉(1828) 5막 2장.
4 프로시니엄(proscenium), 객석과 무대를 가르는 테두리 장식 또는 장식 아치.

는 길에 뉴게이트에 들를까 생각하는 여유도 생겼다. 거친 석벽을 만지며 그 안에 잠들어 있을 죄수들을 생각하고 뾰족뾰족한 삼주문 너머 감옥을 흘끔거리다 흰 벽 앞에 서서 감시하는 교도관들의 횃불과 불빛도 보리라. 하지만 수많은 이들에게 죽음의 문인 사악한 채무자 감옥 문 —지금까지 본 어떤 문보다도 굳게 닫혀 있는— 옆을 서성이기에도 부적당한 시간은 아니었다. 꼬임에 빠진 시골 사람들 사이에 일 파운드 위조지폐가 유통되던 시절, 남녀 할 것 없이 얼마나 많은 비참한 —그리고 대부분 무지한— 존재들이 저 무시무시한 기독교 성묘지 교회[5]의 탑이 바로 보이는 잔인하고 모순된 세상으로부터 내동댕이쳐졌던가! 요즘 같은 밤이면 예전의 은행 나리들은 양심의 가책을 느껴서 팔러 은행을 조금이라도 생각할까, 아니면 올드 베일리의 타락한 아겔다마[6]처럼 조용할까 궁금하다.

　지나간 호시절을 서러워하고 사악한 현 시절을 한탄하며 걷다 보면 쉽사리 뱅크[7]를 향하게 된다. 그래서 그 길을 택해 노숙자 순례를 하며 그 안에 있는 부(富)를 생각한다. 뿐만 아니라 그곳에

5 Christian church of Saint Sepulchre, 올드 베일리 중앙 형사법원 맞은편에 위치한 성공회 교회. 이 교회에는 일명 '올드 베일리의 종'이 있어서 전통적으로 근처 뉴게이트 교수대에서 죄수에 대한 처형을 알렸고, 교회의 성직자는 핸드벨을 울려서 뉴게이트 감옥에 있는 죄수에게 처형이 임박했음을 알렸다.
6 사도행전 1장 19절. 유다가 예수님을 배신하고 은화 30냥을 받은 뒤 양심의 가책을 느껴 자살하자 대제사장들은 그 돈으로 토기장이의 밭을 사 나그네의 묘지로 삼았다. 그 밭을 산 돈이 예수의 피 값이라 하여 그 밭을 아겔다마 즉 피밭이라고 부른다.
7 Bank. 런던의 중심가에 있는 금융지역. 런던 중앙은행이 있다.

서 밤을 지키고 있을 경비병을 떠올리며 횃불을 향해 고개를 끄덕인다. 그러고 나서 시장사람들을 만날 기대에 빌링스게이트로 갔지만, 너무 이른 시각이라는 사실을 깨닫고는 런던 다리를 건너 대규모 양조장 건물들 사이로 나 있는 서리(Surrey)의 강가로 내려갔다. 양조장은 꽤 바쁘게 돌아가고 있었다. 지독한 악취와 곡물 냄새, 맥주 통을 운반하는 살찐 말들이 여물통 앞에서 내는 덜거덕 소리는 중요한 길동무가 되었다. 나는 이런 좋은 친구들과의 만남으로 활기를 되찾은 뒤 오래된 킹스벤치 감옥[8]을 다음 목적지로 정하고, 교도소 벽에 이르면 불쌍한 호레이스 킨치와 그곳 수감자들이 앓는 마름썩음병에 대해 생각하리라 다짐하며 새로운 마음으로 출발했다.

그곳 수감자들이 앓는 마름썩음이라는 아주 요상한 질환은 발병을 알아차리기 어렵다. 아무튼 호레이스 킨치는 그 병으로 킹스벤치 감옥에 갔고, 그 병으로 죽어서 감옥을 나왔다. 그는 적당히 영리해서 돈도 잘 벌었고 친구들 사이에 인기도 많아서 겉으로 보기에 인생의 전성기를 누리는 것처럼 보였다. 어울리는 짝과 결혼도 했고, 건강하고 예쁜 자식들도 두었다. 하지만 근사해 보이는 집이나 멋진 배들이 가끔 그렇듯 그도 마름썩음병에 걸리고 말았다. 사람에게 나타나는 마름썩음병의 초기 증세는 어딘가에 도사리고 있거나 행동이 느려지는 경향이다. 그래

---

8 King's Bench Prison, 서더크에 위치한 감옥으로 수감자 대부분이 채무자였다.

서 타당한 이유 없이 길모퉁이를 서성이고, 만날 때마다 어디로 든 가는 중이며, 특정한 장소가 아닌 어디에나 있고, 실질적인 일은 전혀 하지 않고 내일이나 모레로 미뤄도 되는 실질적이지 않은 다양한 의무를 하려고 한다. 이 병의 증세가 나타났을 때 그것을 목격한 사람들은 대체로 선입견이나 첫인상만 가지고 그저 환자가 별로 열심히 살지 않는다고만 판단한다. 그러나 외관상 최악의 변화가 나타나면, '마름썩음병'이 의심된다고 환자의 머릿속을 뒤집어 보고 자시고 할 여유도 없다. 누가 보아도 추레하고 퇴보된 것처럼 보이는데, 그것은 가난하거나 불결하거나 무언가에 중독되거나 건강이 나빠서가 아니라 단지 마름썩음병 때문이다. 그로 인해 아침이면 몸에서 독한 술 냄새 같은 악취가 진동하고, 돈 관리가 느슨해지며 매사에 허술해지고, 사지를 덜덜 떨고 몽롱한 상태로 피폐해져서 나중에는 무너져 내리고 만다. 목재와 마찬가지로 인간도 그렇게 된다. 마름썩음병은 고리대금 이자가 불어나듯 무지막지하게 진행된다. 널빤지 하나가 병에 걸린 줄 알았는데, 얼마 가지 않아 건물 전체로 병이 번진다. 간단한 묘비명과 함께 매장된 불쌍한 호레이스 킨치도 그랬다. 그를 아는 사람들은 "어쩌면 저렇게 잘나가고 부러울 것 없이 다 갖춘 데다 앞날이 창창할 수가 —그런데 왠지 마름썩음병에 살짝 걸린 것 같은데!"라고 말조차 하지 않았다. 아뿔싸! 그 친구는 이미 그때 온몸에 마름썩음병이 번져 먼지가 되어가고 있었다.

　너무도 흔해져버린 이런 이야기를 생각하며 노숙자처럼 밤에

돌아다니다 보면 출구 없는 벽이 떠올라, 다음 목적지로 베들램 병원[9]을 선택하게 되었다. 웨스트민스터로 가는 길에 그 병원이 있기도 하지만, 그 병원의 벽과 둥근 지붕이 보이는 곳이라야 내가 밤에 대해 품고 있는 망상을 가장 잘 펼칠 수 있기 때문이었다. 그 망상이란 이런 것이다. 온전한 사람도 꿈을 꾸니, 밤에는 온전한 사람도 미친 사람과 매한가지 아닐까? 여기 병원 밖에 있는 우리 모두 살아 있는 동안 매일 밤 꿈을 꾸는데, 그때 병원 안에 있는 사람들의 정신 상태와 뭐가 다를까? 그들이 낮에 그런 것처럼 우리는 밤이 되면 어이없게도 왕이나 여왕, 군주나 태후, 또는 온갖 종류의 귀족들과 어울린다고 생각하지 않는가? 그들은 낮에 그러지만 우리도 밤이 되면 온갖 사건과 저명인사, 시간과 공간이 머릿속에서 온통 뒤죽박죽이 되지 않는가? 우리는 이따금 일관적이지 못한 수면으로 고통 받으며, 그들이 깨어 있는 동안 자신들의 망상을 설명하고 변명하는 것처럼 초조하게 불면증의 이유를 설명하거나 변명하려고 애쓰지 않는가? 최근 그런 병원을 방문했을 때 한 남자 환자가 내게 이렇게 말했다. "선생님, 전 자주 허공을 날아다녀요." 나 역시 밤이면 그런 망상을 하기에 조금 부끄러운 마음이 들었다. 그때 어떤 여자 환자가 말했다. "빅토리아 여왕님이 종종 저와 저녁 식사를 하러 오시죠. 저는 여왕 폐하와 나이트가운 차림으로 복숭아와 마카로니를 먹어요. 그뿐

---

9 Bethlem Royal Hospital, 런던에 있는 유럽 최초의 정신병원.

만이 아니에요. 여왕의 부군인 앨버트 공께서 영광스럽게도 육군 원수 제복 차림으로 말을 타고 합석하기도 한답니다." 나 역시 (밤에) 으리으리한 귀족 파티를 열고, 가짓수를 헤아리기도 힘든 진수성찬을 차려놓은 만찬 테이블에서 아주 대단한 사람인양 거드름을 피우곤 하는데, 어떻게 그 이야기를 듣고 얼굴이 붉어지지 않을 수 있었겠는가? 모르는 게 없는 전능하신 신께서 하루의 수명이 다한 것을 '잠'이라고 이름 붙이셨다면, '꿈'은 하루의 온전한 상태를 끝내고 미친 상태가 된다는 뜻이 아닐까?

이윽고 나는 병원을 떠나 다시 강을 향해 발걸음을 옮겼다. 그리고 단숨에 웨스트민스터 다리에 이르러 노숙자의 시선으로 영국 국회의사당 — 내가 아는 가장 완벽한 거대 기구이며, 주변 국가들로부터 그리고 대대로 흠모를 받을 거라는 사실을 믿어 의심치 않지만, 가끔씩 쓴 소리에 귀를 기울인다면 좀 더 좋아질 것이다 — 의 외벽을 감상했다. 옛 궁전 뜰로 들어서자 치안법원이 십오 분쯤 길동무가 되어주었다. 사람들의 낮은 수군거림이, 그곳이 지금 얼마나 많은 사람들을 깨어 있게 하며 불운한 탄원자에게 채 몇 시간도 주지 않을 정도로 지독하고 가혹한지 암시해주었다. 이어서 다시 십오 분쯤 걸리는 웨스트민스터 사원은 아름답지만 음침한 세상이다. 어두침침한 아치와 기둥 사이로 늘어선 죽은 자들의 장엄한 행렬을 보면, 시간이 지날수록 지나간 세기보다는 앞으로 다가올 세기들을 더욱 놀라게 할 것이다. 게다가 정말이지 노숙자처럼 밤거리를 돌아다니다 보면 — 한번은 경비원이 순찰을 도는 공동묘지에도 가보았는데, 한 시간쯤 되는 사이에도 어김없이 새로 생겨난 무덤을 기록하는 색인카드 서랍장의 손잡이가 돌아가 있었다 ─ 이 유서 깊은 대도시를 죽은 자들이 얼마나 많이 차지하고 있는지, 만약 산 자들이 잠든 동안 죽은 자들이 무덤에서 일어나 차도나 인도로 걸어 나온다면 산 자들이 있을 공간은 바늘 끝만큼도 안 될 거라는 암울한 생각이 들었다. 어디 그뿐인가, 어마어마한 수의 죽은 자들이 이 도시의 언덕과 골짜기마다 흘러 넘칠 것이며, 어디까지 뻗어나갈지는 신 외에 아무도 모른다.

교회 종이 울리면 한밤중 노숙자는 처음에 길동무가 자신을 부르는 것으로 착각하기도 한다. 하지만 종소리의 파동이 둥글게 퍼져나가면 무슨 소리인지 명확히 인지하기 시작하고, 그 후에도 계속 퍼져나가 (어떤 철학자의 암시처럼) 영원한 공간으로 퍼져나가면, 착각은 바로 잡히며 고독감은 한층 깊어진다. 한번은 ─ 웨스트민스터 사원을 떠나 북쪽으로 가고 있을 때였다 ─ 세인트마틴 교회의 웅장한 계단까지 걸어갔는데 마침 시계 종이 세 번 울렸다. 나는 그때 아무것도 못 보고 터덜터덜 걷고 있었던 게 분명한데, 갑자기 발치에서 외로운 노숙자의 비명이 들리며 누군가 벌떡 몸을 일으켰다. 아마도 종소리를 듣고 내지른 듯한데, 나는 이전에 그 같은 소리를 들어본 적이 없었다. 우리는 서로에게 소스라치게 놀라서 얼굴만 바라보았다. 상대방은 눈썹

이 짙고 입가에 수염이 난 스무 살쯤 되어 보이는 청년으로, 한 손에 묶지 않은 넝마뭉치를 쥐고 있었다. 게다가 머리부터 발끝까지 덜덜 떨며 이빨을 딱딱 부딪쳤다. 그는 나를 ─박해자, 악마, 유령, 그 무엇으로 생각했던 간에 ─ 빤히 쳐다보며 겁먹은 개처럼 나를 물 듯이 으르렁거렸다. 나는 그 추레한 청년에게 적선을 하기로 마음먹고 우선 진정시키려 손을 내밀었다. 하지만 청년은 이빨을 갈며 으르렁거리다 몸이 돌아갔고, 그 바람에 내 손이 그의 어깨에 닿았다. 그 순간 청년은 신약성서에 나오는 젊은이[10]처럼 몸을 뒤틀어 옷 밖으로 빠져나갔다. 나는 그의 누더기를 손에 쥔 채 혼자 서 있었다.

장날 아침이면 코벤트 가든이 좋은 동행이 되어주었다. 채소실은 마차와 그 밑에 잠들어 있는 농부와 아들들, 이 모두를 보고 시장 주변에서 몰려온 사나운 개들까지 하나같이 정다웠다. 하지만 그 근처를 돌아다니는 아이들의 모습은 내가 아는 런던의 밤 풍경 중에 최악이었다. 바구니 속에서 잠을 자지 않나, 동물 내장을 서로 차지하려고 싸움질을 하지 않나, 훔칠 수 있겠다고 생각하면 닥치는 대로 손을 뻗고, 마차 밑이나 수레 밑이나 가리지 않고 기어 들어가며, 요리조리 경찰관의 눈을 피해 다니고, 비에 젖은 맨발로 시장의 포장도로에 쿵쿵 둔탁한 소리를 내며 끊임없이 쏘다니는 아이들. 부자연스럽고도 슬픈 얘기지만, 이쯤이

---

10 마가복음 14장 51~52절.

코벤트 가든 시장
페부스 레빈의 1864년 작 유화.

면 온갖 정성을 들여 가꾼 땅의 수확물에 보이는 부패와 보살핌
을 받지 못하고 방치된(항상 쫓긴다는 점만 빼고) 미개한 아이들에
게 보이는 부패를 비교하지 않을 수 없게 된다.

코벤트 가든 새벽 시장에 가면 커피를 마실 수 있는데, 그 자체
도 좋은 친구지만 따뜻하기에 더욱 좋았다. 게다가 아주 먹음직
스러운 토스트도 먹을 수 있었다. 카페 안 작은 부엌에서 커피를
만드는 사내는 헝클어진 머리카락에 겉옷도 입지 않은 데다, 잠
에 취한 나머지 토스트와 커피를 만들지 않는 휴식 시간마다 칸
막이 뒤로 사라져서는 켁켁 대는 숨소리와 코 고는 소리의 복잡
한 샛길로 빠져들곤 했지만 말이다. 한번은 보우 거리 근처의 이
런 카페(가장 일찍 문을 여는 곳 중 하나였다)에 들어가 커피잔을 앞

에 두고 이제 어디로 갈까 궁리하고 있는데 동이 터왔다. 그때 누리끼리한 밤색의 고급스러운 긴 외투에 신발 차림의, 내가 기억하는 한 모자 외에는 아무것도 손에 들지 않은 남자가 들어와서는 모자에서 차갑게 식은 커다란 고기 푸딩을 꺼냈다. 모자에 꼭 낄 정도로 덩어리가 컸는지 모자에서 꺼낼 때 안감이 딸려 나왔다. 이 정체불명의 사내는 그 푸딩 때문에 유명인사가 된 모양이었다. 그가 들어오자 졸고 있던 주인 남자는 뜨거운 차 한 잔과 작은 빵 한 덩이, 커다란 나이프와 포크, 접시를 내왔다. 주인이 떠나고 혼자 남겨지자 사내는 푸딩을 빈 접시에 올려놓더니 나이프로 써는 대신에, 극도로 증오하는 적을 대하듯 나이프를 높이 쳐들었다 내리꽂았다. 그런 다음 나이프를 잡아 빼 소매에 쓱쓱 문지른 뒤 손가락으로 잘게 찢어 깨끗이 먹어 치웠다. 푸딩을 가지고 다니는 그 사내는 내가 노숙자 체험을 하며 만난 중 가장 특이한 사람으로 꼽힌다. 나는 그 카페에 겨우 두 번 갔지만, 그때마다 그가 성큼성큼 걸어 들어와(내가 보기엔 분명, 방금 침대에서 나왔고 금방 도로 자러 갈 것 같은 행색이었다) 푸딩을 꺼내 칼로 찌른 다음 칼날을 소매에 닦고 나서 먹어 치우는 모습을 보았다. 사내는 곧 송장이 될 것 같은 몰골이었지만, 말처럼 길쭉한 얼굴은 지나칠 만큼 붉었다. 두 번째 보았을 때 그는 주인 남자에게 쉰 목소리로 물었다. "오늘밤 내 얼굴이 빨갛소?" "그렇소." 상대는 단호하게 대답했다. 그러자 그가 말했다. "우리 어머니도 술을 좋아해서 얼굴색이 붉었지. 어머니가 관에 누워 있을 때 오래 쳐다

23

봤더니 내 얼굴도 빨개졌소." 어쨌든 이후로 푸딩은 그다지 먹음 직해 보이지 않았고, 나도 더 이상 그 길을 지나지 않았다.

장이 서지 않거나 변화를 주고 싶을 때는 아침 우편물이 들어오는 기차 종착역이 괜찮은 길동무였다. 하지만 이 세상 대개의 길동무가 그렇듯 그것도 아주 잠깐만 함께할 뿐이었다. 기차역 가스등이 빛을 내뿜고, 짐꾼들이 휴게실에서 쏟아져 나오며 승합마차와 수레들이 덜컹덜컹 각자의 위치로 가 있으면(우편 수레들은 이미 각자 위치에 도착해 있었다) 마지막으로 경적이 울리고 기차가 굉음을 내며 역으로 들어왔다. 하지만 승객도 별로 없고 짐도 많지 않았으며, 그나마도 곧 최고로 멋진 탐험을 하러 뿔뿔이 흩어졌다. 그때 거대한 그물망을 단—마치 우편물을 찾아 전국을 훑고 다닌 것처럼—우편 열차가 갑자기 문을 홱 열어젖힌 다음 등유 램프 냄새와 지친 역무원들, 붉은 외투를 입은 경비원과 우편물 행낭을 쏟아놓았다. 기차는 연기를 내뿜고 몸을 들썩이며 땀을 흘렸다. 마치 이마에 맺힌 땀을 닦으며 그 동안 달려온 이야기를 들려주려는 것 같았다. 그렇게 십 분쯤 흐르면 기차역 전등이 꺼지고, 나는 다시 홀로 남은 노숙자가 되었다.

하지만 그때쯤 근처 큰길에는 소 떼가 몰려오는데(소들이 늘 그러듯) 돌담 한가운데로 무작정 밀고 들어와 철제 난간의 너비 십오 센티미터쯤 되는 틈으로 몸뚱이를 들이밀고, 고개를 숙여 상상 속의 개를 물고 뜯고 잡으려 하며(역시 늘 그러듯), 자신들은 물론 자신들에게 헌신적인 이들에게까지 놀라울 정도로 쓸데없는

24

거리의 아침식사
로버트 다울링의 1859년 작 유화.

폐를 끼친다. 또한 이때쯤 똑똑한 가스등은 동이 터오고 도로에 노동자들이 벌써 하나 둘 늘고 있음을 감지하여 불빛을 서서히 낮추어간다. 더불어 파이 장사꾼의 마지막 화롯불과 함께 밤새 깨어 있던 사람들의 일상도 꺼져가면, 거리 모퉁이에서 가장 먼저 아침밥을 파는 노점의 화로에 불이 붙는다. 이처럼 점점 빠르게, 그러다 막판에는 순식간에 낮이 오고, 그러면 나도 피곤에 지쳐 잠을 잘 수 있었다. 요즘 종종 생각하는데, 그런 시각에 귀가하는 일이 런던에서 가장 비참한 일은 아니며, 런던에서 가장 형편없는 지역이라고 해서 집 없는 노숙자만 있는 것은 아니다. 나는 내가 필요하면 어디에서 온갖 악과 불행을 찾을 수 있는지 잘 알게 되었다. 다만 그것들은 잘 보이지 않는 곳에 있어서, 내가 노숙자처럼 수 킬로미터의 거리를 그것도 혼자서 외롭게 돌아다니지 않았으면 절대 발견할 수 없었을 것이다.

길을 잃다

나이로나 체격으로나 정말로 작은 아이였던 어느 날, 나는 런던 시내에서 길을 잃었다. 내게 성대한 대접을 해주려던 아무개 씨의(죄송하게도 당신에 대해서는 아주 어슴푸레하게만 기억이 날 뿐이다!) 손에 이끌려 세인트가일스 교회[1]를 구경하던 중이었다. 그 시절 나는 그 종교 건축물에 관해 허황된 생각을 갖고 있었다. 거지들이 평일에는 장님이나 절름발이, 외팔이, 벙어리, 귀머거리, 아무튼 신체 장애인인 척하다 주일이 되면 거짓 행동을 그만두고 말쑥한 정장으로 갈아입은 다음 자기들의 수호성인을 모시는 교회로 가서 경건하게 예배를 올린다고 굳게 믿었던 것이다. 또한

1   St. Giles'-without-Cripplegate. 런던 중심부의 고딕 양식 교회. 해당 교구는 슬럼가와 범죄로 악명을 떨쳤으며, 1844년부터 1847년까지 교회 주변의 대부분이 철거되었다. 성 가일스는 절름발이와 거지들의 수호 성인이다.

그럴 때마다 그 지역을 주름잡는 뱀필드 무어 커루[2]의 후계자가 교구위원 행세를 하며 붉은 커튼 뒤 높은 단상에 앉아 있다고 생각했다.

당시는 봄이었는데, 계절의 영향인지 머릿속의 이런 철없는 생각은 무럭무럭 가지를 뻗어나갔다. 내가 부모님과 후견인을 어찌나 괴롭혔는지, 아무개 씨는 자진해서 나에게 세인트가일스 교회를 구경시켜 주겠다고 했다. (내 추측으로는) 그렇게 하면 활활 타오르는 망상의 불을 끄고 현실로 돌아올 거라고 믿었던 듯하다. 우리는 아침을 먹고 출발했다. 기억하기로 아무개 씨는 시선을 끄는 옷차림을 했던 것 같다. 희뿌연 색깔의 고급스러운 코듀로이 브리치스[3]에 길쭉한 면포 각반을 차고, 위에는 연한 빛깔 단추가 달린 초록색 겉옷에 푸른색 네커치프를 둘렀으며, 셔츠 칼라가 독특했다. 내 생각에 그도 틀림없이 (나처럼) 켄트의 홉 농장에서 떠나온 지 얼마 안 되었으리라. 나는 그를 "풍속의 거울이자 예의범절의 규범"[4]이라고 생각했다. 골치 아픈 집안 문제로 괴로워하지 않는 햄릿 말이다.

우리는 가벼운 잡담도 나누고, 첨탑에서 펄럭이는 깃발에 한껏 들떠 흡족하게 세인트가일스 교회를 구경했다. 그런 다음 관

---

2 Bampfylde Moore Carew(1693~1759). 자칭 '거지의 왕'이라고 주장하던 영국의 악당이자 부랑인, 사기꾼.
3 아래에서 여미게 되어 있는 반바지.
4 《햄릿》3막 1장.

노섬벌랜드 하우스의 사자상
1874년 작 동판화. 사자상은 건물 중앙 위쪽에 배치되어 있다.

문 너머 그 유명한 사자[5]를 보러 스트랜드 가의 노섬벌랜드 하우
스로 내려갔던 것 같다. 나는 놀라워하고 감탄하며 그 유명한 동
물을 구경하다 그만 '아무개 씨'를 잃어버렸다.

　길을 잃은 아이가 느꼈던 비이성적인 공포가 지금도 그때처럼
생생하게 떠오른다. 내가 그때 차라리 사자가 지배하는 비좁고
번잡하고 불편한 거리가 아닌 북극에서 길을 잃었다면, 그 정도
로 겁에 질리지는 않았을 것이다. 나는 얼마나 놀랐던지 한동안

5　런던 채링크로스의 노섬벌랜드 하우스 출입구에 서 있는 퍼시 가문의 문장인 사자
조각상. 이 저택은 1874년에 철거되었다.

울고불고하며 거리를 오르락내리락했다. 그러다 엉망이 된 자존심으로 어느 건물 앞마당에 걸어 들어갔다. 그러고는 계단에 걸터앉아 앞으로 어떻게 살아가야 할지 궁리하기 시작했다.

내가 기억하는 한 나는 집으로 돌아가는 길을 물어봐야겠다는 생각은 결코 하지 않았다. 길을 잃어버렸다는 사실에 자존심이 상해서 그랬을 수도 있다. 하지만 장래를 위해 내가 선택할 길이 갑자기 많아지다 보니 가장 쉽고 확실한 방법은 눈에 들어오지 않았을 거라고 조심스레 믿어본다. 나는 그래 봬도 창창한 소년이었다. 아마 여덟 살이나 아홉 살쯤 되었을 것이다.

내 주머니에는 1실링 4펜스가 들어 있었고, 새끼손가락에는 빨간색 유리조각이 박힌 백랍 반지가 끼워져 있었다. 생일에 사랑하는 사람한테서 선물 받은 반지였다. 우리는 그때 결혼을 약속했지만, 우리의 결합에 가족의 반대가 걸림돌이 될 거라고 예견했다. (여섯 살이었던) 그 애는 웨슬리 교파[6] 신앙을 가졌고, 나는 영국 국교회 교회에 열심히 나가는 신자였다. 주머니 속 1실링 4펜스는 그날 대부님이 주신 반 크라운을 쓰고 남은 돈이었다. 대부님은 자신의 의무를 알고 이행하는 분이셨다.

나는 이런 부적들로 무장을 하고 스스로 성공의 길을 찾기로 마음먹었다. 성공만 하면 말 여섯 필이 끄는 마차를 타고 금의환

---

6   영국 성직자 존 웨슬리(John Wesley, 1703~1791)가 창시한 기독교 종파. 흔히 감리교로 불린다.

향하여 나의 신부에게 청혼하리라. 그때의 승리감을 떠올리며, 조금만 더 운 뒤 씩씩하게 눈물을 닦고 나의 계획을 실행에 옮기기 위해 마당을 나섰다. 계획이라 함은, 우선 (일종의 투자로서) 길드홀의 거인들[7]을 만나러 가는 거였다. 그렇게 하면 일어날 법하지 않은 성공으로 데려다줄 모험이 일어날 것 같았다. 만약 여의치 않으면 시내 근처에서 휘팅턴[8] 기질을 발휘할 기회를 엿보고, 그것 역시 좌절되면 고수(鼓手)로 군대에 지원하리라.

그래서 나는 길드홀로 가는 길을 물어보기 시작했다. 왜 그랬는지는 모르지만 그때는 골드홀 또는 골든홀인 줄로만 알고 있었다. 거인들을 만나러 가는 길을 물어보기엔 난 너무 자존심이 강했다. 그러면 사람들이 나를 비웃을 것만 같았다. 지금 떠올려보면 그때 내가 혼자 있던 그 거리는 더없이 넓었고, 집들은 무척 높았으며 사방이 웅장하고 신기한 것들 천지였다. 이윽고 나는 템플 바[9]에 이르러 그것만 반시간쯤 뚫어져라 바라보았는데, 그래

---

7 그리샴 거리에 위치한 길드홀 건물 좌우에 서 있는 고그(Gog)와 마고그(Magog)라는 두 개의 거대한 석상. 본래 고그와 마고그는 구약성서에 나오는 거인의 이름이지만, 영국에서는 일찍이 중세부터 런던의 상업, 무역 중심지인 시티 지역 대표를 상징하는 마스코트로서 사용되었다. 때문에 길드홀과 세인트던스탄 교회를 비롯하여 이 지역의 여러 건물에 형상화되었다.

8 리처드 휘팅턴(Richard Whittington, 1354?~1423), 중세의 상인이자 정치인. 런던 시장을 네 번이나 역임한 그의 일대기는 구전 소설 〈딕 휘팅턴과 그의 고양이〉로 극화되기도 했다. 가난한 집에서 태어난 딕이 돈을 벌러 런던에 왔다가 얻은 고양이 한 마리 덕분에 부자가 되고 부잣집 딸과 결혼하여 훗날 런던 시장까지도 된다는 내용.

9 Temple bar, 플리트 가 서쪽 끝에 위치한 런던 시내의 오래된 관문.

도 뭔가 미진한 느낌이 들었다. 옛날에는 사람의 머리를 잘라 템플 바 꼭대기에 걸어놓았다는 이야기를 읽은 적이 있어서, 그곳이 아무리 훌륭하고 기념비적인 건축물이고 유용함의 귀감이 된다고 해도 어쩐지 낡고 사악하게 보였다. 마침내 그곳을 빠져 나와 몇 분쯤 걷자 세인트던스탄 교회[10]에서 그들이 보였다! 그 친절한 괴물들이 종을 치고 사라지는 모습을 내가 보게 될 줄 누가 알았을까? 그곳에는 십오 분 뒤 다시 종을 칠 때까지 기다리는 동안 구경할 만한 장난감 가게도 있었고 — 이 글을 쓰는 요즘에도 외관은 바뀌었지만 여전히 그 자리를 지키고 있다 — 한 시간 남짓 그 황홀한 장소에서 머물다 빠져나오자 바로 눈앞에 세인트폴 성당이 우뚝 솟아 있었다. 내가 어떻게 감히 그 지붕을 그냥 지나칠 수 있으며, 그 금빛 십자가를 외면할 수 있단 말인가? 길드홀의 거인들을 만나러 가는 길은 길고 느린 여정이 될 것 같은 예감이 들었다.

나는 마침내 거인들이 있는 곳으로 갔고, 두려움과 존경의 마음으로 그들을 우러러보았다. 그들은 예상했던 것보다 훨씬 더 온화하고 빛나는 얼굴을 하고 있었다. 하지만 엄청나게 큰 데다 받침대 높이만 해도 12미터는 되어 보였기 때문에, 만약 돌 포장 길로 내려와 걸어 다니면 정말로 어마어마할 것 같았다. 이런 느

---

10 The Guild Church of St. Dunstan-in-the-West, 중세 때 런던 서부 플리트 가에 세워진 교회로, 정면에 영국 최초의 분침 시계탑이 있어서 15분마다, 그리고 매 시 정각에 고그와 마고그가 곤봉으로 종을 쳐 시간을 알려주었다.

길드홀의 거인
토머스 롤랜드슨의 1809년 작 석판화.

낌은 그들뿐만 아니라 다른 비슷한 조각상에 대해 대부분의 아
이들이 갖는 느낌이었으리라. 나는 그들이 피와 살로 이루어지
지 않았다는 사실을 알면서도 여전히 생명체의 속성을 부여했
고, 그들이 내가 거기에 있는 것을 안다든지 내 머릿속을 훤히 꿰
뚫고 있다고 여겼다. 그래서 몹시 피곤했음에도 불구하고 마고그
의 시선이 닿지 않는 아래 구석으로 기어들어간 다음 곯아떨어
졌다.

꽤 오래 낮잠을 자고 나서 퍼뜩 정신이 들었을 때 나는 거인이
포효하는 줄 알았다. 하지만 여전히 시청일 뿐이었다. 내가 잠들

기 전까지 있었던 그곳이었다. 콩나무 줄기도 없고 공주도, 용도, 그 어떤 삶의 탈출구도 없었다. 나는 배가 고파서 일단 뭔가 먹을거리를 사가지고 와 배를 채운 뒤 휘팅턴처럼 성공할 계획을 세워보리라 생각했다.

빵집에서 페니 번[11]을 사는 일은 부끄럽지 않았다. 다만 음식점은 여러 군데를 기웃거린 끝에야 직접 들어갈 용기를 낼 수 있었다. 나는 마침내 진열장 안에 '작은 독일 소시지. 1페니'라고 적힌 푯말과 함께 잔뜩 쌓아놓은 구운 소시지를 발견했다. 우선 어떻게 물어볼 것인지 생각해둔 다음 안으로 들어가서 물었다. "저, 작은 독일 소시지 좀 주실래요?" 그들은 그렇게 했고, 나는 종이에 싼 소시지를 받아 주머니에 넣고 길드홀로 돌아왔다.

거인들은 음흉하게도 여전히 안 보는 척하면서 그 자리에 누워 있었다. 그래서 나는 다른쪽 구석으로 가서 쪼그려 앉았다. 이제는 귀를 쫑긋 세운 개 한 마리만 보였다. 한쪽 눈 위에 허연 얼룩이 있고 발은 흰색과 검은색이 섞여 얼룩덜룩했지만 전체적으로 검둥개였다. 개는 장난을 치고 싶은지 내 주위를 킁킁대며 뛰어다니고 내게 콧잔등을 비벼대는가 하면, 옆으로 살짝살짝 몸을 피하고 고개를 저으며 달아나는 척도 하고, 자존심 따위는 버리고 내 기분을 돋워주려는 듯 자진해서 우스꽝스러운 행동을 했

---

11 1266년 빵 크기에 관한 법(Assize of Bread Act)에 따라 크기가 정해진 1페니짜리 작은 빵.

다. 나는 그 개를 보는 순간 휘팅턴이 떠올랐고, 뭔가 일이 술술 풀릴 것 같은 기분이 들었다. 그래서 "참 잘하는데!" "아이고, 가엾어라!" "귀여운 녀석이네!"라고 격려해주었다. 녀석이 이제부터 영원히 나의 개가 되어 내가 성공하는 데 발판이 되어주리라 상상하자 흐뭇한 마음이 들었다.

이 일로 크게 위안을 받은(길을 잃은 후로 이따금 조금씩 훌쩍거리며 울었더랬다) 나는 저녁을 먹으려고 주머니에서 작은 독일 소시지를 꺼내 한입 베어 물었다가 마음을 바꿔 개에게 던져주었다. 개는 냉큼 달려와 소시지 조각을 물고 한쪽 옆으로 달려가더니 알약이나 되는 듯 꿀꺽 삼켰다. 내가 소시지를 우물우물 씹고 있는 동안 녀석은 더 주지 않으려나 기대하듯 내 얼굴을 빤히 쳐다봤다. 나는 개를 뭐라고 불러야 할까 궁리했다. 이런 상황에서는 메리찬스(Merrychance)라는 이름이 알맞을 것 같았다. 기억해 보면 나는 아무리 봐도 기막히게 멋진 이름이라는 생각에 잔뜩 우쭐해 있었다. 그때 메리찬스가 나를 향해 맹렬히 짖어대기 시작했다.

나는 녀석이 자신의 행동에 대해 부끄럽지도 않은지 궁금했지만, 녀석은 상관하지 않았다. 오히려 더욱 심하게 짖어댔다. 그것도 모자라 침을 질질 흘리고 눈알을 반짝이며 코가 촉촉해지더니 고개를 옆으로 한껏 기울인 채 위협하듯 슬금슬금 옆걸음질을 치며 나를 향해 으르렁댔다. 그러다 급기야 내 작은 독일 소시지를 향해 달려 들더니 손에서 낚아채어 멀리 달아나버렸다. 녀석은 결코 내 성공에 도움을 주러 돌아오지 않았고, 그때 이후로 마흔이 된 지금까지 나는 충성스러운 메리찬스를 다시 보지 못했다.

나는 몹시 외로웠다. 작은 독일 소시지가 아쉽기도 했지만(당시에는 그것이 후추를 잔뜩 넣은 말고기라는 것도 몰랐다), 소시지를 잃어버린 것보다 나를 처참하게 배신한 메리찬스 때문이었다. 나는 녀석이 말만 못했지 친구로서 뭐든지 도와줄 거라고, 아니 어쩌면 말도 통하게 될지 모른다고 기대했다. 조금 더 울고 나자 문득 사랑하는 그녀도 길을 잃어 나와 친구가 되어준다면 얼마나 좋을까 하는 생각이 들었다. 하지만 그녀는 고수가 되는 것도, 군대에 가는 것도 불가능했다. 그래서 눈물을 닦고 빵을 먹었다. 그곳을 나오다 우유를 파는 부인을 만나 우유도 1페니어치 사먹었다. 든든히 먹었더니 기운이 나는 것 같았다. 나는 다시 런던 시내를 돌아다니며 휘팅턴이 되기 위한 행운을 찾아 나섰다.

요즘 런던 시내에 가면 내가 무척이나 교활한 인간이 된 것 같아 서글퍼진다. 미아가 되어 여기 저기 쏘다닌 그때 나는 영국 상인이자 시장님을 떠올리며 숭배하는 마음으로 가득했다. 그런데 요즘 그곳을 걸어 다니면 신성한 국가 공무원의 제복을 비웃고, 가장 흔한 농담거리로 전락해버린 기업들에 대해 분개한다. 하기는 내가 그때, 이 도시에 언제나 정치인을 만나고 돈을 받을 거라고 기대하지만 한 번도 기대가 충족되지 못해 실망한 사람들이 그토록 많은 줄 어떻게 알았겠는가? 내가 그때, 이 도시의 친구인 훌륭한 사람이, 그 많은 사람들을 위해 그 많은 일을 하고, 이 사람을 국내의 이 자리에 앉히고 저 사람을 저 자리에 앉히며, 이 사람의 채권자와 담판을 짓고, 저 사람의 아들을 부양하고, 다른 사람이 돈을 받았는지 확인하며, 이 대형 합자회사의 확실성에 '투자하고' 저 생명보험회사의 명단에 자기 이름을 올려놓지만, 자기가 해야 할 일은 아무것도 하지 않는 사람이라는 사실을 어떻게 알았겠는가? 내가 그때 어떻게, 그가 경마장을 예사로이 드나들고 주로 레드라이언 광장 근처에 살며 모세 율법을 따르는 아랍인 신사들의 친구이며, 어떤 금액만큼의 종이돈을 빼돌리지는 않더라도 유명한 고급 셰리주 술통과 화장도구 가방, 티치아노의 비너스 그림을 챙김으로써 기꺼이 수지를 맞추는 사람인 줄 알았겠는가? 내가 그 순진한 나이에, 그가 숨소리조차 들리지 않는 만찬 테이블에서 근엄한 대머리 사내들에게 알 수 없는 방법으로 정보를(행여라도 진실된 것으로 밝혀질 리가 없는) 알려주었다는 얘기를 어디에서 들었겠는가? 천만에. 그렇다면 그를 상어처럼 두려워하고 사기꾼이라 무시하며 근거 없는 신화 속 인물일 뿐이라고 가르쳐준 사람은 있었던가? 천만에, 나는 그렇게 배우지 않았다. 그때 나에게 금융시장에서 돈이 귀해지고, 콘솔[12]의 전망이 암울해지며, 금 수출이라든지 밀을 부셸[13]로 거래하게 하

---

12 1751년 각종 공채를 정리하여 연금 형태로 만든 것.

13 곡물이나 과일의 중량 단위로, 8갤런에 해당하는 양.

여 모두의 앞길이 막힌 일이 그와 관련 있다고 말해준 사람은 있었던가? 결코 없었다. 그렇다면 내가 최소한 공직을 이용한 부정 축재라든지 시세 조작, 장부 조작, 배당금 싹쓸이, 분식 회계 등등의 용어가 무슨 뜻인지 알아야 했을까? 아니, 나는 조금도 몰랐다. 내가 런던이라는 황금 송아지를 응시하며 쓰다듬는 허드슨 씨를 의심했어야 했을까? 나는 절대 그러지 않았다. 어린 시절 그 도시는 나에게 보석과 귀금속, 술통과 화물, 명예와 관용, 외국 과일과 향신료를 파는 거대한 상점이었다. 상인과 은행가는 하나같이 피츠-워렌[14]과 뱃사람 신밧드가 합쳐진 사람들이었다. 스미스, 페인 앤 스미스 은행은 바바리[15]와 선장이 있는 곳에 순풍이 불어오면 으레 혼혈 요리사까지 포함해 하인들을 모조리 호출하여 하찮은 물건까지 장에 내놓게 했다. 글린 앤 핼리팩스 은행은 다이아몬드 계곡에서 엄청난 고난을 겪었다. 베어링 브라더스 은행의 형제는 전설의 대괴조 로크의 알을 발견했고, 대상들과 여행도 했다. 로스차일드는 바그다드 시장에 나와 앉아 값비싼 물건을 팔고 당나귀를 타고 다니며 술탄의 하렘에 사는 베일 쓴 여인과 사랑에 빠졌다.

그렇게 나는 꿈을 꾸는 것처럼 런던 시내를 돌아다니며 영국 기업들을 구경했고, 감탄이 나올 만큼 멋진 것들에 대한 믿음에

---

14 Fitzwarren, 〈딕 휘팅턴과 그의 고양이〉에서 딕을 고용한 런던의 부자 상인.
15 Barbary, 이집트 서부에서 대서양에 이르는 옛 베르베르족 거주지. 현재의 알제리, 튀니지 등 아프리카 북부 지역.

잔뜩 고무되었다. 건물 앞을 올라갔다 내려갔다 하고, 앞마당과 작은 광장을 들락날락하다가, 회계 사무실 복도를 훔쳐보다 도 망치기도 하고 — 남해회사[16] 건물 앞을 지나는 내 발소리는 발이 작은 탓에 별로 크게 울리지 않았다 — 성 어거스틴 수도회 앞을 어슬렁거리다 안을 들여다보고 어떻게 수도사들이 그곳을 좋아 할 수 있는지 의아해 하기도 하며 — 줄곧 영국 기업들을 구경해 도, 아무리 상점들을 구경해도 물리지 않았다 — 하루 종일 돌아 다녔다. 나는 이 다양한 장소들을 설명하기 위해 스스로 만들어 낸 이야기들도 런던이라는 도시만큼 열렬히 믿었다. 특히 기억나 는 일은, 증권 거래소에 갔을 때 배에 관한 내용을 적은 현수막 아 래 앉아 있는 추레한 사람들을 발견하고는 그들이 사금이라든 지 뭐 그런 것들을 찾으려고 전 재산을 배에 털어넣은 구두쇠들 이 틀림없다고 단정했던 것이다. 그들은 각자 선장이 와서 항해 준비가 끝났다는 말을 해주기만 기다리고 있는 것이었다. 게다가 하나같이 딱딱한 비스킷을 우물거리고 있었는데, 나는 그게 뱃 멀미를 예방하기 위해서라고 믿었다.

　이런 구경은 매우 즐거웠지만, 나는 아직까지 휘팅턴의 선례를 조금이라도 따를 수 있는 성과를 거두지 못했다. 시장 관사에서 는 만찬 준비가 한창이었다. 창살 있는 부엌 창문으로 들여다보

16　The South Sea Company, 아프리카의 노예를 스페인령 서인도제도에 수송하고 이 익을 얻는 것을 주 목적으로 1711년 영국에서 설립된 특권회사. 남양군도와 남미에 대한 영국의 상거래를 독점했다.

런던 시장 관사

19세기 말의 사진. 맨션 하우스(Mansion House)라는 이름으로도 알려져 있다.

니 흰 모자를 쓴 남자 요리사들이 보였다. 나는 혹시 시장님이나 시장님 부인, 혹은 시장의 딸인 어린 공주님이 관사 2층에서 내려다보며 내게 들어오라고 하지 않을까 기대하며 가슴이 두근거렸다. 하지만 그런 일은 일어나지 않았다. 그렇게 한동안 부엌을 들여다보고 있는데 요리사 한 명이 나를 부르더니(창문이 열려 있었다) "이 녀석, 썩 꺼지지 못할까!"라고 소리쳤다. 그 말에 어찌나 깜짝 놀랐는지, 그의 시커먼 수염 때문이기도 했지만, 나는 즉시 복종했다.

그 후 나는 동인도회사로 가서, 어떤 소년에게 거기가 무엇을 하는 곳인지 물었다. 소년은 얼굴을 찡그리더니 내 머리카락을 잡아당기고 나서야 버르장머리 없고 퉁명스럽게 대답해주었다. 내가 동인도회사에 품었던 경외심은 얼마나 대단했는지 아마 제임스 호그 경[17]이 알았으면 흡족해 했을 것이다. 나는 그곳이 지구상에서 가장 훌륭하고 가장 규모가 크며 지극히 투명하게 운영되는, 실제로 전혀 사심이 없고 어느 모로 보아도 놀라운 기관이라는 데 한 치의 의심도 없었다. 나는 그 나이에도 맹세라는 것이 무엇인지 이해했기 때문에, 틀림없이 흠집 없이 완벽한 다이아몬드를 걸고서라도 맹세했을 것이다.

인도에 가자마자 메스꺼워하지도 않고 종 당김줄 같은 파이프로 담배를 피워대는, 무늬가 새겨진 유리 설탕통을 거꾸로 뒤집어 담뱃재를 비벼 끄는 소년들을 상상하면서, 나는 각종 장비를 파는 상점가로 갔다. 그곳에서 인도로 떠나는 소년에게 필요한 장비들을 적어놓은 항목을 훑어보다 '피스톨 한 쌍'을 발견하고, 문득 이런 운명의 주인공에게는 어떤 행복이 기다리고 있을까 궁금해졌다! 아무래도 영국 상인들은 날 자기 집으로 데려갈 마음이 없어 보였다. 유일하게 예외가 있다면 굴뚝 청소부였다. 그는 내가 자기 직업에 어울린다고 생각하는지 유심히 쳐다봤다. 하지만 나는 얼른 그로부터 도망쳤다.

나는 온종일 사내 아이들한테 괴롭힘을 당했다. 내 쪽에선 절대로 공격하지 않았다고 생각하는데, 아이들은 나를 갈림길로

---

17 James Hogg(1790~1876), 당시의 동인도회사 대표.

내쫓고 문간으로 내몰며 아주 거칠게 대했다. 어떤 아이는 주머니에서 몽당연필을 꺼내 내 흰 모자 꼭대기에다 자기 엄마의 이름과 주소(그 애가 그렇게 말했다)를 썼다. '와핑 교구, 스토퍼 가, 우든 렉 워크, 블로어스 부인.' 그 글씨는 지워지지 않았다.

이런 괴롭힘을 당한 후, 나는 전체적인 계획도 점검할 겸 작은 교회 묘지에서 휴식을 취했다. 그러다 문득 사랑하는 사람과 한 날 한 시 그곳에 묻힐 수 있다면 얼마나 좋을까 하는 생각을 했던 기억이 난다. 하지만, 또 한 차례 낮잠을 자고 일어나서 빵을 먹다 문득 그림 한 장이 눈에 들어왔다. 나는 정신이 번쩍 들었다.

그때까지 내 행적을 더듬어보면, 나는 길을 헤매다가 굿맨필즈 극장이나 그 근처로 흘러 들어간 게 틀림없다. 내가 본 그림은 지금은 존재하지 않는 그 지역 극장에서 상연 중이던 연극의 한 장면을 묘사하고 있었다. 그림은 나에게 극장에 와서 연극을 보라고 부추기는 것 같았다. 나는 아무래도 휘팅턴 방식으로는 아무것도 될 것 같지 않아 연예계로 진출하기로 마음을 굳혔다. 일단 병영으로 가는 길을 물어 찾아간 다음 대문을 두드리고, 고수를 구한다는 말을 들었는데 내가 적임자라고 말할 것이다. 분명 어디에선가 들은 얘기 때문에, 당시 나는 어느 병영이나 1실링을 받고 정문 뒤편에서 밤낮으로 북을 치는 병사가 있다고 믿었다. 게다가 어떻게 설득하든 수락을 받아내면, 소년의 아버지가 4백 파운드를 지불하지 않는 이상 그 자리에서 고수가 된다고 믿었다.

드디어 나는 극장을 찾아낸 뒤—지금 기억나는 것은 극장

정면에 황토색으로 조잡하게 쓰인 왕실의 머리글자 G.R.뿐이다 — 꽤 많은 사람들과 함께 관객석 문이 열리기를 기다렸다. 관객이라고 해도 선원을 포함해 온갖 부류의 최하층민이 주를 이룬 터라 그들이 나누는 대화 내용은 별로 유익하지 않았다. 하지만 나는 당시에 대화 내용을 전혀 혹은 조금밖에 이해하지 못했기 때문에 내가 타락하는 데 별 영향은 받지 않았다. 그 후로 나는 나처럼 교육받고 순진했던 아이가 오염되는 데 얼마나 걸릴까 궁금할 때마다 그때의 일을 떠올리곤 한다.

문 밖에서나 극장 안에 들어와서나, 사람들이 나를 주목한다고 생각될 때마다 나는 보호자를 찾는 척하거나 저만큼 떨어져 있는 가상의 보호자에게 고갯짓도 하고 웃음을 지어 보이기도 했다. 이 방법은 꽤 효과적이었다. 아무튼 입장권을 사기 위해 6펜스를 손에 꼭 쥐고 있는데 덜컹거리는 볼트 소리가 나며 문이 열렸다. 군중 속에서 몇몇 여자들의 비명이 들렸다. 나는 지푸라기처럼 사람들의 움직임에 몸을 맡겼다. 이윽고 접수원이 앉아 있는 제비집처럼 생긴 작은 구멍이 나의 6펜스를 잽싸게 삼켜버렸는데, 내 눈에는 마치 주둥이처럼 보였다. 한층 널찍한 위층 계단으로 올라간 나는 (남들처럼) 좋은 자리를 잡으려고 달려갔다. 객석 뒤편으로 가자 사람들은 몇 명 없었는데, 좌석이 오싹할 정도로 가팔라 보였다. 나는 마치 머리부터 구덩이로 곧장 처박히게 하는 다이빙 기구에 오른 느낌에 기겁해 의자 하나를 꼭 잡았다. 그런데 마침 젊은 여자와 동행한 마음 좋아 보이는 제빵사가 나에게 손을 내밀었다. 우리 셋은 함께 자리를 찾아 다니다 첫째 줄 구석으로 내려갔다. 제빵사는 그 젊은 여자가 어지간히도 좋은지 저녁 내내 키스를 엄청 퍼부어댔다.

그런데 편안히 자리 잡고 앉자마자 머리가 무겁고 몹시 고통스럽기까지 했다. 왜 그랬는지 설명이 필요할 것 같다. 실은 그날 자선의 밤 행사 — 어느 희극배우의 자선 행사였다 — 가 열리기로 되어 있었다. 얼굴이 아주 크고 다소 뚱뚱한 남자 배우였는데, 당시 내가 생각하기에는 세상에서 가장 조그맣고 우스꽝스럽게 생긴 모자를 쓰고 있었다. 이 희극배우는 친구들과 후원자들에게 보답하는 의미로 당나귀를 타고 우스꽝스러운 노래를 부른 뒤 번호표를 추첨하여 상품으로 자신이 타고 있던 잘생긴 당나귀를 주기로 되어 있었다. 돈을 내고 입장한 모든 사람들에게 당첨될 수 있는 기회가 돌아갔다. 나는 6펜스를 지불하고 47번이라고 적힌 번호표를 받은 터였다. 그리하여 나는 그때, 내 번호가 당첨되어 상품을 받는다면 어떻게 할까 아찔한 상상을 하며 땀을 흘렸다. 당나귀를 얻게 되는 것이다! 어마어마한 행운을 차지할 가능성을 생각하자 온몸에 전율이 일었다. 그 번호가 뽑힐 경우, 내 손에 쥔 번호가 47번이라는 사실을 절대로 감출 수 없을 것임을 나는 잘 알았다. 보나마나 당황하는 모습을 보일 테고, 그러지 않아도 벌써 제빵사한테 내 번호표를 보여주었기 때문에 만에 하나 그랬다가는 꾸지람을 들을 것이다. 무대로 내려와 당나귀를 받아가라고 호명 당하는 내 모습이 선히 그려졌다. 나 같은 어린 애가 당첨된 사실을 알면 모두 흥분해서 비명을 지를 것이다. 그런데 당나귀는 어떻게 끌고 오지, 녀석은 당연히 꼼짝도 하지 않을 텐데? 만약 시끄럽게 울어대면 어떻게 하지? 혹시 나한테 발길질을 하면 어떻게 해? 녀석이 무대 옆문으로 들어가서 나오려고 고집부리는 상황을 가정해보라. 나를 등에 태운 채 말이다. 내 번호가 당첨되면 희극배우가 나를 당나귀 등에 태워줄 것이기 때문에, 순간적으로 그런 일이 벌어질 수 있었다. 그런 다음 내가 녀석을 극장 밖으로 끌고 나와야 하는데, 녀석을 어떻게 다뤄야 하지? 당나귀에게는 어떤 먹이를 주어야 할까? 어느 마구간에 넣어야 하지? 나 혼자 길을 잃은 것도 슬프지만, 당나귀와 함께 길을 잃는 것은 내가 예상할 수 있는 것보다 훨씬 더 끔찍한 재앙이었다.

이런 걱정거리는 초반부의 온갖 즐거움을 단번에 앗아가버렸다. 어마어마한 위용을 자랑하는 배가 등장하여—공연 프로그램에서는 진짜 군함으로 불렸다—거친 바다를 굴러갈 때도, 심지어 무시무시한 폭풍 속에서도 머릿속에서는 당나귀가 떠나지 않았다. 수병들이 망원경이나 확성기를 든 채 여기저기서 구령을 외치는 모습은(그들은 군함 갑판 위에 있어서 키가 아주 커 보였다) 장관이었고, 키잡이가 모반자는 아닌지 의심하는 것도 짜릿했다. 의심할 수밖에 없었던 것이, 그가 "우리는 조난당했다! 뗏목을 띄워라! 뗏목! 큰 돛대에 벼락이 떨어졌다."라고 소리칠 때 내 눈으로 직접 그가 소켓에서 큰 돛을 빼내어 바다에 던지는 모습을 목격했기 때문이다. 하지만 이런 인상적인 장면도 당나귀 걱정 때문에 눈에 잘 들어오지 않았다. 심지어 뱃멀미를 안 한 사람(그는 마음씨도 착했다)이 행운을 얻고 뱃멀미를 한 사람(그는 마음씨도 고약했다)은 계단 두 개로 표현한 이상한 바위 꼭대기에서 바다를 향해 몸을 던질 때도, 눈물 사이로 골칫거리 당나귀가 보였다.

드디어 시간이 되어 우스꽝스러운 바이올린 곡이 연주되더니, 새 발굽으로 갈아 끼운(발굽 소리로 짐작이 갔다) 골칫거리 짐승이 희극배우를 등에 태우고 딸랑거리며 등장했다. 그는 끈으로 온갖 치장을 했는데(당나귀 말이다), 자꾸만 관객 쪽으로 꼬리를 돌리려고 했다. 그러자 희극배우가 등에서 내려와 옆으로 빙 돌아가더니 당나귀 얼굴을 객석 쪽으로 고정시킨 채 우레 같은 박수를 받으며 노래 세 곡을 불렀다. 그 동안에도 나는 내내 끔찍할 정도로 흥분한 상태였다. 이윽고 거리에서 진흙탕 세례를 받은 듯 초췌한 몰골의 두 남자가 제비 뽑기를 감독하기 위해 객석에서 불려 나와 모든 관객들로부터 웃음 세례를 받는 동안, 나는 부디 신이 자비를 베풀어 47번이 뽑히지 않기만을 기도했다.

하지만 나는 이내 괴로움에서 벗어날 수 있었다. 무대 위에 폭풍우가 몰아치기 전부터 생선튀김 두 개와 주머니 가득 든 땅콩을 먹어 치우던, 내 뒷좌석에 앉은 플란넬 상의에 노란 네커치프를 두른 신사 덕분이었다. 당첨번호가 울려 퍼지는 순간 그는 우렁차게 대답을 하고는 상품 수령절차를 밟기 위해 객석을 내려갔다. 사실 이 신사는 객석에 들어온 순간부터 당나귀에 관해 잘 아는 것처럼 보였을 뿐만 아니라 당나귀의 행동 하나하나에 대단한 관심을 보였다. 유식한 말로 하면 당나귀와 일심동체가 되어, 당나귀가 실수라도 하면 내 귀에 들릴 정도로 "자, 자, 착하지, 모크, 자, 어서!"라고 중얼거리곤 했다. 어쨌든 그는 당나귀에 올라타려다 내동댕이쳐지는 바람에 (나를 포함해) 관객들을 즐겁게 해주었지만, 이내 능숙한 솜씨로 당나귀를 몰고 무대를 떠났다가 얼마 후 조용히 자신의 좌석으로 돌아왔다. 한편 나는 그때부터 그 동안 짓눌렸던 엄청난 부담에서 벗어나 남은 공연을 마음 편히 즐겼다. 지금 기억하기로는 여러 가지 춤이 등장했다. 어떤 춤은 족쇄를 차고 추었고, 어떤 춤은 장미에 둘러싸여 추었는데, 그 춤을 춘 신비한 분위기의 소녀에 비하면 내가 사랑하는 그녀는 지극히 평범했다. 연극이 끝날 무렵 소녀는 남장을 하고(대체로 무장을 갖추고) 다시 등장하여 여러 차례 결투를 벌였다. 지금 기억하는 바로는 남작이 소녀를 바다에 빠뜨리려고 했는데 희극배우와 유령, 뉴펀들랜드종 개, 종소리 따위에 의해 번번이 실패로 돌아갔다. 그 후 기억나는 것은 남작이 어디로 갈까 궁금해 했던 것, 그리고 그가 불똥이 쏟아지는 곳으로 사라졌던 것이다. 이윽고 불똥이 사그라지면서 조명도 꺼졌는데, 내게는 극 전체가 ─ 군함이며 당나귀, 남자들, 여자들, 여신 같은 소녀, 그 모든 것이 ─ 한바탕 불꽃놀이처럼 여겨졌다. 불이 꺼지면 어둠과 재밖에 남지 않는 불꽃놀이.

거리로 나왔을 때는 늦은 시각이었다. 달도 없고 별도 없고 비만 세차게 내리고 있었다. 뿔뿔이 흩어지는 인파에서 벗어났을 때 유령과 남작은 내 기억에 추한 모습으로 남았다. 나는 말할 수 없이 쓸쓸한 기분에 젖었다. 그때서야 처음으로 내 작은 침대와 그립고 익숙한 얼굴들이 떠오르며 마음이 울적해졌다. 낮 동안에는 집 생각을 하거나 슬플 틈이 없었다. 어머니 생각도 나지 않았다. 새롭게 처한 환경에 적응해야 하고 성공해야 한다는 생각뿐이었다.

나는 문득 울고불고 여기저기 돌아다니며 "길을 잃었어요!"라고 외치는 것 말고는 아무것도 할 줄 모르는 녀석이 군대에 들어가겠다는 계획은 논할 가치도 없다는 생각이 들었다. 나는 병영으로 가는 길을 물어보려던 계획을 단념하고 ― 아니, 그 계획이 나를 버렸다 ― 이리저리 쏘다니다가 어떤 초소에 서 있는 경비병을 발견했다. 지금 생각해도 놀라운 게, 그 경비병은 술에 취해 있지 않았다. 아니, 술을 마시기에는 너무 허약했다는 편이 옳을 것이다.

허약한 경비병은 나를 가까운 경찰서로 데리고 갔다. 그가 나를 데리고 갔다고 말했지만 실은 내가 그를 데리고 갔다. 그때 비를 맞고 걸어가던 우리 모습을 떠올려보면 누가 보더라도 〈유년이 노년을 이끌다〉라는 삽화 같은 광경을 연출했기 때문이다. 그는 기침을 심하게 해서 벽이 보일 때마다 몸을 기대야 할 정도였다. 마침내 우리는 감시초소에 도착했는데, 벽면에 외투와 경찰

런던 감시초소의 야간 경비병들
1808년의 일러스트.

봉이 걸려 있고 공기는 따뜻하고 나른했다. 나중에 인사불성으로 취한 심부름꾼이 나를 찾으러 왔을 때 나는 난롯가에서 곯아떨어져 있었다. 그리고 아버지의 얼굴을 보게 될 때까지 한 번도 잠을 깨지 않았다. 이상이 말 그대로 내가 길을 잃고 헤맨 사연이다. 사람들은 내가 엉뚱한 아이였다고들 하는데, 내가 생각하기에도 그렇다. 어쩌면 지금도 엉뚱한 어른일지 모른다.

　아무개 씨의 그림자여, 틀림없이 나 때문에 걱정을 많이 했을 텐데 용서해주시기를! 지금도 그 사자상 아래 서 있으면, 내가 걱정되어 안절부절 못하며 길을 오르내렸을 당신을 상상하게 된다.

그 후로도 나는 여러 번, 더 먼 곳에서도 길을 잃었다. 부디 그곳에서는 내가, 여기에서 당신을 불안하게 했던 것보다 남들을 덜 불안하게 했기를!

채덤 조선소

템스 강과 메드웨이 강가 외딴 곳에는 작은 선착장이 몇 군데 있는데, 나는 주로 거기에서 한가롭게 여름을 보낸다. 흐르는 물은 백일몽을 꾸기에 그만이며, 특히 조석에 따라 유속 변화가 심한 강이라서 나에게는 최고다.

　나는 배 구경을 좋아한다. 바다를 향해 우뚝 서 있거나 짐을 가득 싣고 육지로 들어오는 거대한 배들, 그 배들 곁에 붙어 수평선을 당당히 오고 가는 활기찬 꼬마 증기 예인선들, 나무가 울창한 풍경 속에서 적갈색 돛을 뽐내 싣고 오는 듯한 바지선들 무리, 바닥짐이 가벼워서 조수가 바뀔 때면 허우적거리는 낡고 묵직한 석탄선, 다른 배들이 끊임없이 이리저리 침로를 바꾸는 동안 거만하게 직선 항로만 고집하는 가뿐한 바크선과 스쿠너, 앙증맞은 선체에 거대한 흰색 돛을 매단 요트, 하찮은 사람들이 하찮은

일을 하며 소란을 떨듯 즐거움을 주거나 심부름 따위의 임무를
수행하느라 앞뒤로 깐닥거리며 지나가는 작은 돛단배. 나는 이
런 배들을 바라보며 내키지 않는데도 생각해야 한다거나 심지어
한참 바라봐야 한다는 의무감 따위는 느끼지 않는다. 철썩철썩
쏴 하고 부서지는 파도 소리나 발아래 물결 소리, 멀리서 들려오
는 양묘기의 덜커덕 소리, 혹은 더 먼 곳에서 들려오는 증기선 외
륜의 윙윙거리는 소리를 들어야 한다는 의무감만 약간 느낄 뿐
이다.

　내가 앉아 있는 부두의 삐걱거리는 소리와 함께 그런 소리들,
그리고 삭막한 최고수위선과 진흙에 파묻힌 최저수위선 표시,
허물어진 방죽길과 허물어진 강둑, 제 모습을 자랑스레 수면에
비춰보는 듯 앞으로 기울어진 부서진 말뚝과 울타리 따위들은
꼬리에 꼬리를 물고 이어지는 내 공상 속에 자연히 녹아들 것이
다. 때에 따라 아무 용도로나 쓸 수 있지만 동시에 그렇지도 않을
수 있는 것들로는 습지에서 방목되는 양들과 암소들, 내 머리 위
를 선회하다 추락하듯 하강하는 갈매기들, 먹이 풍부한 추수 들
판에서 집으로 돌아가는 (사정거리를 한참 벗어난) 까마귀들, 낚
시하러 왔지만 마음에 들지 않는 듯 쓸쓸히 날아가는 왜가리들
이 있다. 감각 범위 안의 모든 것들이 흐르는 물의 도움으로 그 바
깥의 모든 것들에게도 적용되어, 일종의 선율과 비슷하지만 정확
히 정의 내릴 수 없는 몽롱한 한 덩어리가 된다.

　이런 선착장 중 한 곳은 옛 항구 근처에 있는데, 그 항구에서

템스 강가의 부두
에드윈 에드워즈의 1866년 작 유화.

내 휴대용 안경으로 보면 노어[1]의 등대가 보인다. 나는 거기에서 만나는 정체불명의 소년에게 내 빈약한 지식을 보충하는 데 큰 신세를 지고 있다. 햇볕에 그을린 모래 색깔 피부에 똘똘해 보이는 얼굴, 피부색과 비슷한 색의 머리카락이 부스스한 어린 소년은, 필요한 때마다 홀연히 사라지는 한쪽 검은 눈동자를 빼면(어쩌다 그렇게 되었는지 물어보기는 꺼려졌다) 학구적인 탐구열이라든지 명상 습관과는 도무지 어울리는 구석이 없었다. 소년한테서 나는 어느 거리에서나 세관원의 배를 알아맞히는 방법이라든지, 강으로 올라오는 본국행 인도 무역선에 세관원이 승선했을 때 준수해야 할 온갖 관례와 의식에 대해서도 배우게 되었다. 소

---

1 Nore. 템스 강 어귀에 있는 모래언덕으로 템스 강과 북해가 만나는 곳. 세계 최초의 등대가 있다.

년이 아니었으면, 내가 지금 익히 알고 있는 질병에 관련해서 '무오한기'[2]라는 용어는 들어보지도 못했을 것이다. 그 아이의 기분을 맞추지 않았으면 나의 보잘것없는 경력은 진작 끝났을 것이며, 바지선 돛에 그려진 하얀 말을 보아도 그것이 석회 바지선의 표지라는 사실은 절대 몰랐을 것이다. 소년은 특정 시설의 맥주는 규정 온도를 맞추지 못해서 시큼한 맛이 난다는 경고를 비롯해서, 맥주와 관련된 일급 비밀도 알려주었다. 비록 나의 어린 현자는 에일 역시 똑같은 맛의 저하가 일어났다고는 생각하지 않았지만 말이다. 소년은 나에게 늪지의 버섯을 만져보라고 함으로써, 거기에 소금이 스며들어 있을 거라고 믿었던 나의 무지를 조심스럽게 일깨워주었다. 이렇듯 소년이 나한테 지식을 전달해주는 태도는 사려 깊고 상황을 적절히 이용하는 방식이다. 그는 내 옆에 모로 누워 있다가 작은 돌이나 모래 한 줌을 강으로 던진 다음, 신탁을 내리는 것처럼 의견을 말한다. 마치 수면에 점점 퍼져가는 동심원 한가운데서 말을 하듯이, 그는 반드시 그런 방식에 맞춰 내 머릿속을 개선시킨다.

최근 강물이 우리를 덮칠 듯 뛰어오르며 생명력으로 충만하던 어느 바람 부는 날, 그 똑똑한 소년―나는 '항구의 유령'이라는 별명으로만 알고 있는―과 어울릴 기회가 있었다. 나는 강으로 오는 길에 황금빛 들판에서 다발로 묶여 옮겨지고 있던 옥수수

2 말라리아의 전형적인 증상인, 한기를 느끼지 못하는 증세.

를 보았다. 안장을 얹은 땅딸막한 잡종 말을 타고 일꾼들을 감독하던 혈색 좋은 농부는 지난 주 260에이커의 밭에서 대가 길쭉한 옥수수를 얼마나 많이 수확했는지 자랑하며, 평생 그 일주일만큼 작업을 많이 한 적이 없다고 귀띔해주었다. 농촌의 들판에서 평화와 풍성함은 아름다운 색깔과 아름다운 형태로 존재했다. 그리고 그 수확물이 누런 짐의 형태로 바지선에 실려 항해를 하면, 그런 곡물이 절대 나지 않는 바다까지 아름답게 꾸며주어 거리감이 한결 줄어들었다.

'항구의 유령'이 당시 강 유역에 설치된 지 얼마 안 된 철갑 부유포대를 설명하며 군함에 대한 견해로 내 지식을 풍성하게 해주고, 자신도 장차 기술자가 되고 싶다고 귀띔해준 것도 바로 그날이었다. 소년은 ― 콘크리트에 관해서는 정교하고, 철강에 관해서는 노련함을 자랑하는 ― 페토 씨와 브라시[3]의 설계진이 제작한 대규모 포대에 관해 속속들이 알고 있었다. 그가 파일 박기와 수문 제작에 관해 설명할 때는 너무 놀라서 입이 다물어지지 않았다. 이렇게 아무 대꾸도 하지 못하는 나를 소년이 참아주었다고는 절대 말할 수 없겠다. 소년은 말을 하는 동안 여러 차례 멀리 어느 한쪽 풍경으로 시선을 돌렸고, '작업장'에 대해 모호하고 내가 이해할 수 없는 경외심 어린 투로 말했다. 소년과 헤어진 후 그

3 Samuel Morton Peto(1809~1889)와 Thomas Brassey(1805~1870), 크리미아 전쟁 당시 보급 또는 인명 운반 철도를 비롯해 몬트리올의 빅토리아 다리, 유럽과 북미의 철도를 건설한 영국의 토목공학자들.

아이가 가르쳐준 내용을 곰곰이 되새기는 동안 나는 그 '작업장'
이 대규모 공공 조선소 중 한 곳이며, 평화 시에는 사람들이 불편
하지 않고 눈에 띄지 않게 얌전히 물러나기라도 하듯 풍차 뒤편
우묵한 곳 농작물 사이에 숨어 있다는 사실을 유념하였다. '조선
소'의 이런 겸손한 면이 마음에 들어 나는 그곳과 친해지기로 마
음먹었다.

조선소의 성격이 은둔형이라는 내 나름의 판단은 가까이 가도
달라지지 않았다. 그곳에는 철을 두드리는 망치 소리가 울려 퍼
졌고, 건조 중인 웅장한 전함 아래쪽의 거대한 작업장 또는 슬립[4]
은 강 맞은편에서 보았을 때 꽤 효율적으로 움직였다. 그럼에도
조선소는 당당히 드러내지 않고 옥수수밭과 맥주용 보리밭, 과
수원이 있는 언덕 기슭에 조용히 자리 잡고 있었다. 한가로워 보
일 정도로 조용히 연기가 피어 오르는 조선소의 거대한 굴뚝은
마치 담배를 피우는 것 같았고, 선체를 재단하는 거대한 절단기
는 기계로 찍어낸 기린처럼 균형이 맞지 않아 위협적이기는커녕
온순해 보였다. 근처 건워프[5] 위의 대포들은 장난감처럼 천진하
게 생겼고, 대포 너머에서 보초를 서고 있는 빨간색 군복의 보초

---

4 Slip. 완공된 배를 진수시킬 때 이용하는 경사로.
5 항해중인 배는 정기적으로, 특히 해전을 겪은 후 유지 보수가 필요한데, 건식 도크에
배가 들어오려면 대포의 무게 때문에 나무로 된 선체 바닥이 긁히거나 붕괴될 염려가 있
기에 사전에 대포만 따로 내려 들이는 부두가 있었다. 이를 건워프(gunwharf)라고 하는
데, 훗날 군함과 무기의 발달로 대포를 내려놓을 필요가 없어지면서 건워프도 무용지물
이 되었다.

병은 태엽장치로 움직이는 한낱 장난감 인형이었다. 아마도 뜨거운 햇빛이 내리쬐면 그때서야, 자그마치 납으로 만든 총알을 장전한 소총을 들고 있는 군인임을 알게 될 것이다.

강을 건너 여왕의 계단(Queen's Stair)에 도착하자, 나보다 먼저 도착하려고 했지만 실패하고 구석에 처박혀 있는 해초와 부유물 조각들이 보였다. 나는 대포가 있다는 거리 표지판과 조개처럼 생긴 건축 장식물을 발견했다. 그래서 조선소로 갔는데, 특허 받은 거대 금고 같은 커다란 접이문이 굳게 닫혀 있었다. 그 문이 게걸스럽게 나를 집어삼켰고, 나는 조선소로 빨려 들어갔다. 그곳은 첫눈에도 다음 전쟁터에 나갈 때까지 휴업상태라는 듯, 깨끗이 정리된 휴가 분위기가 났다. 그러나 실은 그 순간에도 밧줄을 만드는 대량의 마섬유가 창고 밖으로 흘러나오고 있었다. 하기는 조선소가 겉으로 보이는 것처럼 잠잠했다면 하얀 바윗돌 위에 그 많은 건초가 널려 있지 않았으리라.

쿵, 덜컹, 쿡, 쾅, 탕, 덜컹, 쾅, 쿵, 쿡, 탁, 덜컹, 덜커덕, 쾅, 쾅, 쾅! 도대체 이게 뭐지! 이것은, 아니 머지않아 완성될 그 배는 아킬레스라는 이름의 철갑선이었다. 당시 그 배에는 백이십 명의 인부들이 달라붙어 작업을 하고 있었다. 각각 배 옆구리와 뱃머리와 고물, 용골 아래, 갑판 사이, 화물칸 밑에서 작업하는 백이십 명은 몸을 트는 게 쉽든 어렵든 멋들어지게 휜 선체의 곡선을 따라 엉금엉금 기거나 살금살금 움직여 들락날락하고 있었다. 백이십 명의 대장장이, 측량기사, 누수방지공, 무기수리공, 단조공,

조선공. 쿵쿵, 덜커덩, 쾅, 탁, 쾅쾅, 덜커덕덜커덕 소리를 내는 백 이십 명의 인부들! 하지만 지금 건조 중인 아킬레스호에서 나오는 이 거대한 온갖 소음도, 배가 완전히 가동하게 될(항해 준비가 끝났다는 신호다) 그 무시무시한 날, 지금은 물기 없이 메마른 거대한 도관에 불과한 배수관이 빨갛게 되는 날, 완벽한 아킬레스호에서 울려 퍼질 소리에 비하면 아무것도 아니다. 또한 갑판과 갑판 사이 연기와 불꽃 사이로 희미하게 보이는 허리를 구부린 채 바쁘게 일하는 인부들의 노고도, 그날 이곳 화염과 연기 속에서 다른 종류의 작업을 하고 있을 인부들의 노고에 비하면 아무것도 아니다. 지금 배 옆에서 앞뒤로 오가며 도와주고 철판 수천 톤을 나뭇잎 여러 장처럼 얇게 펴는 증기선들은, 그날 그 옆에 일분쯤 서 있다가는 갈기갈기 찢겨 날아가버릴 것이다. 강철 탱크와 떡갈나무 궤짝으로 이루어진 괴물 같은 이 아킬레스호가 유유히 헤엄을 치거나 굴러간다고 생각해보라! 바람과 파도의 힘이 선체를 파괴할 수 있다고 생각해보라! 내가 보고 있는 시뻘겋게 달궈진 쇠꼬챙이가 배 옆면 아무 데서나 안에서 밖으로 쑥쑥 튀어나오면—내가 지금 보고 있듯 여기, 저기, 또 저기에도 나온다—지켜보고 있던 두 남자가 맨 팔로 대형 해머를 힘껏 내려쳐 쇠가 검고 납작해질 때까지 반복해서 두드리는데, 지금까지 그렇게 박힌 리벳 못이 철판마다 여러 개, 배 전체로 보면 수천 수만 개가 된다고 생각해보라! 철제 탱크와 떡갈나무 궤짝을 일렬로 붙여 선체 내부에서 보면 끝과 시작이 끊임없이 반복되며 반파되더라도 나머지 절반으로 충분히 끄떡없는 그런 배를 탔을 때, 배의 크기를 가늠하기가 얼마나 힘들지 생각해보라. 그런 다음 나는 다시 배 옆을 살펴보다 물이 흥건하고 축축한 갑판 아래로 내려갔다. 그곳은 배를 지탱하는 버팀기둥[6]과 스테이[7]가 즐비한 지하 숲과도 같았다. 상향 조명에 의해 점점 불룩해지고 내 쪽으로 내려올수록 가늘어지는 거대한 덩어리를 보기 위해 엄청난 고통을 참고 올라가자, 이곳이 배라고 생각하기 불가능한 지경에 이르고 고대 원형극장(그렇다, 이탈리아 베로나에 있는 그런 극장 말이다) 안에 세워진, 그것도 극장을 꽉 채울 정도로 어마어마하게 큰 고정된 건물이라는 착각에 빠지게 된다! 그러나 리벳을 박기 위해 4인치 반 두께의 철판에 구멍을 뚫고, 철판을 유압기에 넣어 점차로 뾰족해지는 선체의 곡선에 맞춰 형태를 만들고, 튼튼하고 가차 없는 새 부리처럼 생긴 칼로 설계도의 규격에 맞춰 정확히 잘라주는 기술력과 하청 작업장이 없다면 이런 장관은 꿈도 꿀 수 없을 것이다! 한껏 집중한 얼굴 표정과 자유자재로 놀리는 손의 지시를 고분고분 따르는 괴력의 기계들도, 내 눈에는 조선소의 내향적인 성격을 어느 정도 갖고 있는 것처럼 보인다. "말 잘 듣는 괴물아, 부디 이 강판을 동일한 길이로, 분필로 표시한 선을 따라 빙 돌아가며 빈틈없이 쓱쓱 베어주렴." 괴물은 쇠로 된

---

6 dog-shore, 진수할 때 배를 떠받치는 기둥.
7 stay. 배의 돛대를 받쳐주는 밧줄처럼, 강도가 부족한 부분을 보강해주는 장비.

작업물을 내려다보다 대단히 크고 묵직한 머리를 쳐들며 대답한다. "별로 내키지는 않지만, 꼭 해야 한다면야!" 우적우적 씹는 괴물의 이빨 사이로 아직 식지 않은 단단한 금속이 꾸역꾸역 나오고, 이제 다 됐다. "말 잘 듣는 순종적인 괴물아, 이번에는 다른 강판이다. 이 강판은 정해진 선이 없이 서서히 좁아지도록, 보기 좋게 잘라야 한다." (몽상에 빠져 있던) 괴물은 그 뭉툭한 머리를 숙인 채 사뭇 새뮤얼 존슨 박사[8] 같은 태도로 선을 따라가며 자세히 — 아주 자세히, 근시인 것처럼 — 들여다본다. "별로 내키지는 않지만, 꼭 해야 한다면야!" 괴물은 다시 자세하게 들여다보며 목표를 조준한다. 이윽고 잘린 쇳조각이 고통스럽게 몸부림을 치더니 뜨거운 뱀이 몸을 배배 꼬며 잿더미 위로 떨어진다. 리벳 못 제작은 성인 남자 한 명과 소년 한 명만 있으면 되는 간단한 놀이에 불과하다. 뜨겁게 달궈진 뻘건 갱엿을 '교황 조안'[9] 카드놀이 판에 들이부으면, 즉시 창문 밖으로 리벳이 떨어진다. 하지만 이 대단한 기계의 말투는 거대한 조선소, 거대한 국가의 말투와 닮았다. "딱히 내키지는 않지만, 꼭 그래야 한다면야!"

어떻게 아킬레스호처럼 어마어마하게 큰 쇳덩어리를 상대적으로 그렇게 작은 닻이 마치 자기 옆에 누워 있게 하려는 듯 적절히 고정시켜놓을 수 있는지도, 내가 그 똑똑한 소년에게 물어보

---

8 Samuel Johnson(1709~1784), 영국 작가. 제임스 보스웰(James Boswell)의 《존슨 평전(Life of Johnson)》을 통해 유명해졌다. 거구에 근시였다.

9 Pope Joan, 물고기 모양의 카운터와 둥근 판을 이용하는 카드놀이의 일종.

고 싶은 증기선의 미스터리이다. 내 눈에는 천막용 말뚝으로 코끼리를 매어놓거나 셔츠 핀으로 동물원의 커다란 하마를 묶어둔 것처럼 보였다. 강 저편 폐선 옆에는 이 배의 쇠 돛대가 두 개 놓여 있다. 내 눈에는 어마어마하게 커 보이며 이 배의 다른 장비도 모두 그러한데, 어째서 돛만 그렇게 작은지 궁금하다.

하지만 지금은 그런 생각을 할 시간이 없다. 영국 해군에서 사용하는 모든 노를 제작하는 공장에 가려고 하기 때문이다. 내 소감은 한마디로, 건물은 엄청나게 크고 작업 공정은 엄청나게 지루했다는 것이다! 그 건물에 대해 말하자면, 나는 금세 실망했다. 작업이 한 칸짜리 작업장에서 이루어졌기 때문이다. 길고 지루한 공정에 대해 말하자면 — 대체 이게 뭐지? 커다란 압착기 두 대가 놓여 있고, 그 위에 우글거리며 맴도는 건 나비 떼인가? 압착기의 무엇인가가 나비들을 끌어당기는 걸까?

가까이 다가가자 그것이 압착기가 아니라 칼과 톱, 대패로 이루어진 복잡한 기계라는 사실을 알게 되었다. 이쪽은 매끄럽고 직선으로 자르고, 저쪽은 비스듬하게 자르고, 지금은 그 아래 끼워 넣은 나무토막을 정해놓은 규격에 맞춰 깊숙이 잘라 완전히 베어버리고 있다. 장차 노가 될 이런 나무토막은 멀리 떨어진 숲에서 용도에 맞게 대충 잘린 뒤 작별 인사를 건네고 여기 영국으로 건너왔다. 마찬가지로 나는 아까 본 나비들이 진짜 나비가 아니라 톱밥이라는 사실을 알게 되었다. 기계의 폭력으로 튀어 올라온 톱밥은 기계의 회전력에 의해 공중에서 빠르지만 일정치 않은 동작으로 파닥파닥 나풀나풀 오르락내리락 나비처럼 자유롭게 움직였다. 그러다 기계의 소음과 동작이 멈추면 나비들은 죽어서 떨어졌다. 내가 그곳에 갔을 때는 노의 손잡이가 제작되는 중이었다. 똑같이 생긴 노가 회전판으로 옮겨지고, 내 눈과 머리는 재빨리 공정을 따라간다. 빙빙 도는 노에 칼이 자국을 낸다! 손잡이가 만들어졌다. 노가 완성됐다.

이 기계가 얼마나 정교하고 아름다우며 효율적인지 실례를 들 필요도 없지만, 마침 오늘 극명한 실례를 보게 되었다. 우연하게도 특별한 용도로 사용할 비범한 크기의 노 한 쌍에 대한 주문이 들어오는 바람에 그들이 직접 손으로 제작하지 않을 수 없게 된 것이다. 한 남자가 정교하고 간편한 기계, 그 옆에 빠르게 쌓여가는 노 완성품과 나란히 앉아 도끼만 가지고 특별한 노를 만들기 시작했다. 호위해주는 나비 떼도 없이, 서른 살쯤 되어 보이는 남자는 느긋하게 깎고 두드려 물건을 만들어 나간다. 비교하자면 나이 일흔에 자신의 죽음을 준비하며 카론[10]에게 선물할 겸 자신도 타고 갈 배를 만드는 이교도 노인만큼 느긋하다. 기계가 규격화된 노를 만들어내는 동안 사람은 이마의 땀을 닦는다. 남자는 오전 작업을 마치기도 전에, 시계에서 시간이 떨어져나가듯 돌려 깎는 나무에서 떨어져나오는 얇고 넓은 지저깨비 더미에 파묻힐

10 그리스 신화에서, 죽은 이의 영혼을 배에 태워 스틱스 강을 건너 지옥으로 보내준다는 뱃사공 노인.

채덤 조선소의 쇠사슬 테스트
〈일러스트레이티드 런던 뉴스〉 1880년 2월 21일자 일러스트.

것이다.

　나는 이 멋진 광경을 뒤로 하고 다시 배가 있는 쪽으로 시선을 돌렸다가 ─ 조선소에서 내 마음은 언제나 배가 있는 곳에 가 있다 ─ 건조시키느라 울타리처럼 세워둔 원목더미를 발견한다. 목재와 강철 각각의 장점이라는 물음에 대한 해답을 미룬 채, 자신만만하게 자신의 기회를 기다리는 본새다. 이 귀하신 몸들 옆에는 대포에 견디는 능력을 설명한 글귀와 이름을 적은 푯말이 ─ 만약 인간에게도 이런 관습을 적용시킨다면 사회적 관계를 맺는 일이 훨씬 부드럽고 만족스러우리라 ─ 세워져 있었다. 이윽고 나는 단단하다기보다는 부드럽게 출렁거리는 널빤지를 밟고 과감하게 운송선(철로 된 스크루선)에 오른다. 검사를 거쳐 합격 인증을 받기 위해 도급업자의 조선소에서 방금 보낸 것이다. 군인을 위한 단순하고 인간 중심의 배치라든지 채광과 통기, 청결을 고려한 설비, 여성과 아이들을 위한 배려까지 상당히 만족스러운 배다. 배를 살펴보다 나는 문득, 조선소의 종이 울리는 자정부터 이튿날 아침까지 혼자 이 배를 타려면 꽤 많은 비용이 들겠다는 생각을 한다. 틀림없이 이 배에는 술 달린 견장을 들썩이며 변해버린 세월을 슬퍼하는 고집 센 마르티네[11]의 유령도 떼로 출몰할 것이다. 우리는 비록 지금의 조선소에서 놀라운 방법과 도구를 통해 배울 수 있지만, 배 없이도 바다에 나가 파도와 싸우고 바다를 장악했던 우리 선조를 그 어느 때보다도 존경한다. 이런 기억 때문에 나는 구리 성분이 변색되어 푸르죽죽하고 전체적으로 칙칙하며 얼룩덜룩한 고물 선체에 대해서도 애정을 갖고, 그 옆을 지나갈 때 모자를 벗는다. 마침 그 옆을 지나가던 앳되고 솜털이 보송보송한 젊은 공병대 장교가 알아차리고 경례를 붙인다. 그는 분명 나의 경의를 진심으로 환영하는 것으로 보인다.

그 동안 증기를 이용한 원형 톱, 수직 톱, 수평 톱, 작동이 특이한 톱 따위로 (상상 속에서) 조각조각 잘렸던 나의 여정이 드디어 한가롭게 산책하는 단계에 이르렀다. 이제부터는 자연스럽게 '비

---

11 martinet, '규율에 엄격한 사람(특히 군인), 까다로운 사람'을 뜻한다. 프랑스에서 루이 14세 때 보병들을 혹독한 규율로 훈련시킨 마르티네 장군에게서 비롯된 말.

상업적인' 탐색이라는 내 핵심 목표를 추구해보려 한다.

조선소를 한가롭게 돌아다니다 보면 조용하고 내성적인 조선소의 성격을 보여주는 증거를 사방에서 만나게 된다. 붉은 벽돌로 지어진 사무실과 건물은 자신이 하는 일을 드러내기 싫어할 뿐만 아니라 떠벌릴 가치도 없다는 듯 고루한 티를 내며 진중함이 엿보인다. 영국 밖에서는 결코 본 적이 없는 태도이다. 흰색 돌이 깔린 도로에는 가끔 망치 소리가 살짝 울릴 뿐, 아킬레스호라든지 망치질하는 인부들 백이십 명(망치질하는 척하는 사람들도 포함하여)의 흔적은 어디에도 보이지 않는다. 톱밥이라든지 지저깨비를 실어오는 바람의 속삭임이 없다면, 아마 노를 만들고 수없이 움직여 톱질하는 사람들도 수 마일쯤 떨어져 있는 줄 알 것이다. 이곳 아래쪽에는 커다란 저수조가 있는데, 목재를 건조하는 과정 중 하나로 온도가 다양한 물에 목재가 담겨 있다. 저수조 위에는 기둥으로 떠받친 광차 궤도가 깔려 있어서, 충분히 적신 통나무를 낚아 올려 '중국 마법사의 마차'[12]에 실은 다음 천천히 목재 야적장으로 옮긴다. 나는 어렸을 때(그때도 조선소는 나에게 친숙했다) 이 마법사 차에서 얼마나 놀고 싶었던지, 국가가 자비를 베풀어 마음대로 탈 수 있게 해주면 얼마나 좋을까 생각하곤 했다. 그런 마음은 지금도 여전해서, 나는 그 마차를 타고 책을

---

12 영국 마술(馬術) 서커스의 아버지라고 불리는 앤드루 더크로(Andrew Ducrow)의 서커스에 등장하던 마차 이름. 이 글에서는 비유적 의미로 쓰인다.

쓸 때 어떤 효과가 있는지 시도해보고 싶다. 그 마차는 은둔 효과가 완벽하여, 안에 몸을 싣고 목재 더미 사이를 유유히 돌아다니면 북미의 숲과 흠뻑 젖은 온두라스 습지, 어두컴컴한 소나무 숲과 노르웨이의 숲, 열대의 더위와 우기, 천둥과 번개까지 외국을 편리하게 여행하는 것과 같으리라. 값나가는 목재 더미는 요란을 떨거나 잘났다는 인상을 풍기지 않으면서 저만큼 떨어진 외딴 곳에 쌓여 있다. 되도록 자신을 덜 내세우며, 아무한테나 '이리 와서 나 좀 봐!'라고 말하지 않는다. 그래 봬도 전 세계 나무들 중에서 간택되어 온 몸이다. 각종 선박과 보트의 수요에 맞춰 직접 살펴본 후에 수령이 오래되어 뽑히고, 굵다고 뽑히고, 곧아서 뽑히고, 휘어졌다고 뽑혀 왔다. 이상하게도 비틀어진 통나무가 조선공의 눈에 귀하게 여겨져 여기저기 흩어져 있다. 나는 이런 목재들 사이를 어슬렁거리다가 너른 공터에서 방금 운반해 온 목재를 검사하는 인부들을 발견한다. 아, 뒤편으로 강과 풍차가 펼쳐진 목가적인 풍경이여! 게다가 현재 미합중국과 달리 전시 상태도 아니다.

밧줄 만드는 작업장을 어슬렁거리다 보면 더없이 행복한 게으름 상태로 빠져들고, 그 안에서 내 인생의 밧줄도 풀어져서 아주 어리던 시절을 떠올리게 된다. 그 시절 나는 길고 가느다란 실로 가닥을 만들어 끊임없이 밧줄을 꼬는 악몽을 꾸었는데 —지금의 성숙해진 이해력으로는 왜 그런 꿈을 꾸었는지 모르겠지만, 정말로 끔찍했다— 내 눈앞에서 그 가닥들이 서로 비비 꼬이면서 비명을 질러대곤 했다. 이어서 나는 돛과 돛대, 삭구, 거룻배 따위를 보관해둔 다락으로 간다. 아마도 이런저런 물건이 필요하다고 말하면, 허리춤에 찬 엄청나게 무거운 열쇠꾸러미 때문에 구부정한 관리자가 냉큼 달려와 푸른 수염[13]처럼 열쇠를 골라서 문을 열어주리라. 이윽고 기다란 고미다락처럼 담담한 모습으로 축전지에 명령을 내리면, 셔터와 문이 활짝 열리면서 돛을 단 무장 함대가 증기를 내뿜으며 진격하여, 오래된 메드웨이 강을 ─ 명랑한 스튜어트 왕은 네덜란드 군에게 이 강을 넘겨주었고, 그사이 별로 명랑하지 않았던 그의 해군 병사들은 거리에서 굶어 죽었다 ─ 볼거리로 가득 채우며 바다로 나아갈 것이다. 그래서 나는 다시 한가롭게 지금 만조인 메드웨이 강으로 간다. 그때서야 강이 지금, 준비가 안 된 아킬레스호에게 바다로 나오라고 강력히 요청하기 위해 인부 백이십 명의 보살핌을 받고 있는 건식 도크로 들어가려 하고 있다는 사실을 알게 된다.

마지막까지 조선소는 조용한 표정을 잃지 않는다. 내가 네덜란드식 선착장에서도 가장 이상한 곳을 가린 조용한 숲을 지나 출입문으로 가고 있을 때, 저 끝에서 방금 사라진 조선공이 남긴 얼룩덜룩한 나뭇잎 그림자는 아마 러시아인 표트르[14]의 그림

---

13 샤를 페로의 동화 〈푸른 수염〉에 나오는 포악한 남편. 아내에게 열쇠 꾸러미를 주며, 비밀스러운 다락방 문을 절대 열어서는 안 된다고 말한다.
14 표트르 대제(1672~1725). 러시아에 근대 서구 문화를 도입한 황제. 기술을 배우기 위해 신분을 속이고 16개월간 유럽을 여행했으며, 데포드 조선소에서 조선공으로 일한

자였을 것이다. 어쨌든 특허 받은 거대한 금고 문이 마침내 닫히고, 나는 다시 보트에 오른다. 그리고 물속에 노가 잠길 때 허풍쟁이 피스톨[15]과 그의 부하, 그리고 "별로 내키지는 않지만, 꼭 그래야 한다면!"라고 말하는 조선소의 과묵한 괴물들이 생각난다 ― 철썩!

뒤 기술자와 군인 수천 명을 이끌고 러시아로 돌아갔다.

15 Pistol. 셰익스피어의 《헨리 5세》와 《윈저의 즐거운 아낙네들》에 나오는 폴스타프의 깡패 동료.

와핑 노역소

딱히 할 일이 없었던 어느 날 런던의 이스트엔드가 나를 향해 유혹의 손짓을 했다. 나는 런던광역시 중에서도 동쪽 방향을 향해 코벤트 가든을 출발해서는, 티푸 사힙[1]과 찰스 램을 느긋하게 떠올리며 동인도회사를 지나고, 반바지 차림인 작은 해군생도 목각인형의 한쪽 다리를 사랑스럽게 쓰다듬으며 그 앞을 지나서, 알드게이트 펌프[2]를 지난 뒤 (거무스름한 얼굴을 흉측하게 묘사한 포스터가 민망스러울 정도로 많이 붙어 있는) 사라센스 헤드[3]를 거쳐, 그의 오래된 이웃이 운영했던 블랙 보어인지 블루 보어인지

---

1 Tippoo Sahib(1749~1799), 인도 마이소르의 술탄 전사. 영국군에게 살해되었다.
2 Aldgate, 런던의 역사적인 공동 펌프.
3 Saracen's Head, 스노힐에 있던 오래된 술집 겸 호텔로 1868년에 철거. 흉포한 아랍인의 얼굴을 묘사한 간판으로 유명했다.

아니면 블루 불인지 하는 건물[4]의 텅 빈 마당을(그 집 주인이 언제 세상을 떠났는지, 사라진 그의 마차들은 어디로 갔는지 나는 잘 모른다) 어슬렁어슬렁 통과해 다시 철도의 시대로 돌아왔다. 그러고는 화이트채플 교회를 지나 — 비상업적인 여행자[5]에게는 어울리지 않게 — 상업적인 거리로 들어섰다. 이어서 푹푹 빠지는 진흙탕 대로를 신나게 걸으면서 설탕 정제업자 소유의 대형 건물과 뒷골목 작은 공터에 있는 작은 돛대와 풍향계, 그 근처 수로와 선착장, 돌멩이가 깔린 전차길을 느릿느릿 움직이는 동인도회사의 화물열차, 돈에 쪼들리는 뱃사람들이 육분의나 사분의[6]깨나 갖다 바쳤을 전당포(그 물건들의 사용법만 알았더라면 내가 싼 값으로 샀을 텐데) 따위를 즐겁게 구경하다, 어느 순간 오른쪽 샛길로 빠져 와핑[7]을 향해 걷기 시작했다.

와핑 올드스테어에서 보트를 타러 가는 것도 아니었고, 그 근처를 시찰하러 가는 것도 아니었다. 왜냐하면 나는 바다로 가는 연인에게 그의 이름을 새긴 담배상자를 준 후로 자신은 변함이 없노라고 그토록 아름다운 옛 곡조에 맞춰 노래한 처녀의 절개

---

4 블루 보어(Blue Boar)는 리든홀 마켓에 위치했고, 1866년에 철거된 불 인(Bull Inn)은 동방 여행자들이 이용하는 마차보관소였다.

5 해설 190~191쪽 참고.

6 대양을 항해할 때 태양·달·별의 수평선상 각도를 측정하여 천측(天測)의 위치를 구하는 기구.

7 Wapping, 템스 강변에 위치하며 뱃사람, 살인자, 밀수업자, 노상강도의 소굴이자 술집과 사창가로 유명하던 지역.

를 믿기 때문이다(나 자신은 그런 걸 믿지 않지만).**8** 내가 보기에 남자는 십중팔구 거래에서 최악의 패를 잡는 사람이었고, 유감스럽게도 속아넘어간 게 아닌가 싶다. 아무튼 내가 와핑으로 가는 이유는, 동부의 치안판사가 조간신문에서 여성전용 와핑 노역소에서 수감자들을 구분하지 않고 수용하는 것은 망신이자 수치라고 온갖 입에 담지 못할 비난을 해서 그 실상이 어떠한지 알고 싶었기 때문이다. 더구나 그 동부 치안판사는 과거 관할구역인 세인트조지 교회에서 희한한 의상을 차려 입고 무언극 배우처럼 행동한 자를**9** 처리한 전력으로 보건대, 언제나 "동방의 가장 현명한 자"(마태복음 2장 1절)는 아닌 것 같았다. 그런 경우에는 관련

---

8 디킨스의 친구 토머스 후드(Thomas Hood)의 시 〈정숙하지 못한 샐리 브라운: 올드 발라드(Faithless Sally Brown: an Old Ballad)〉 참고.
"오, 샐리 브라운. 오, 샐리 브라운./ 어떻게 내게 이럴 수 있소?/ 전에도 바람을 많이 만났지만/ 이런 강풍은 처음이오.// '담배상자'의 글귀를 읽으며/ 그는 쓰디쓴 한숨을 내쉬고/ 그리고 눈물을 흘리기 시작했네/ 그리고 눈물을 흘리기 시작했네.// 그는 '다 잘될 거야' 노래를 부르려고 했지만/ 부르려고 했지만 부를 수가 없었네/ 그래서 고개를 돌려 땋은 머리(선원들이 주로 했던 땋은 머리, 또는 씹는담배라는 의미도 있다)를/ 씹었다네. 죽을 때까지."
한편 존 페리의 발라드 〈와핑 올드스테어(Wapping Old stairs)〉의 가사는 다음과 같다.
"당신의 몰리는 자신의 맹세를 어긴 적이 없어요/ 지난번 우리가 와핑 올드스테어에서 헤어진 후로/ 그때 난 언제까지나 변치 않을 거라고 말하며/ 내 이름을 새긴 담배상자를 선물했죠./ 내가 당신과 갑판 사이에서 꼬박 이 주일 밤을 보냈는데/ 톰, 내가 당신의 동료 선원에게 키스를 했다고요?"
9 런던 동부의 세인트조지 교회는 종교 분쟁의 중심지였다. 교구목사와 부목사는 로마 가톨릭 전례로 간주되는 것을 도입했고, 그에 대한 보복으로 런던 주교는 저교회파(low church)의 전도사를 임명했다. 이런 종파분립에 대해 시위가 일어났고, 모자를 쓰고 담배를 피우고 짖는 개를 앞세운 사람들이 교회로 쳐들어와 제단 위에 쓰레기를 뿌렸다. 이런 대소동으로 교회는 1859년에 문을 닫았다.

이 있거나 없거나 모든 당파가 최대한 이성적인 상태에서 문제를 토의하고, 최후의 방편으로 고소인에게 피고가 어떻게 처리되어야 한다고 생각하는지 묻고, 피고에게는 자신이 어떤 처벌을 받으면 좋을지 의견을 물어야 한다.

그건 그렇고, 와핑에 도착하려면 한참 멀었는데 나는 그만 길을 잃고 말았다. 하지만 만약 내가 거기 가야만 하는 운명이라면 어떻게 해서든 원하는 곳에 가게 될 거라고 믿는 터키인의 마음으로, 좁아터진 도로를 마음껏 즐겼다. 그러느라 한 시간쯤 지체하는 동안 어쩌다 보니 출렁거리는 다리에 서서 더러운 물속에 잠긴 시커먼 갑문을 내려다보게 되었다. 그때 내 옆에는 쌕쌕거리는 숨소리에 누렇게 뜬 혈색, 더럽고 번질번질한 얼굴에 비썩 마른 몸매가 도무지 젊은이로 보이지 않는 사내가 내 쪽으로 비스듬히 기대어 서 있었다. 늙고 지저분한 템스 아버지[10]의 막내아들이거나, 우리 사이에 있는 커다란 골무처럼 생긴 화강암 기둥에 걸린 현수막에 적힌 익사자 같았다.

나는 이 유령 같은 사내에게 여기가 어디인지 물었다. 유령이 섬뜩한 미소를 지으며 대답하는데 목구멍에서 꼬르르 물소리가 났다.

"베이커 씨의 올가미."

대화를 이해해야 하는 중압감도 그렇지만, 이런 경우 무엇보다

---

10 템스 강을 의인화한 이름.

신경이 극도로 예민해지기 때문에 나는 유령에게서 시선을 떼지 않으면서 그 말의 의미를 곰곰이 생각했다. 유령은 갑문 꼭대기 철제 난간을 껴안고 빠는 데 열중하고 있었다. 그때 문득 베이커 씨가 그 지역의 검시관 대행이라는 사실이 떠올랐다.

"사람들이 자살을 많이 하는 곳이군요." 나는 갑문을 내려다보며 말했다.

"수 말이야?" 유령이 빤히 쳐다보며 대꾸했다. "그래! 폴도. 에밀리도. 그리고 낸시도. 제인도 있지." 그는 각각의 이름을 말하는 사이사이 철제 난간을 핥았다. "모두 끝탕을 하다가. 모자며 숄이며 벗어 던지고 냅다 뛰어내리지. 여기에서 거꾸로. 언제나, 여기에서, 거꾸로 떨어져. 순식간에.[11]"

"그리고 아마도 한밤중 그 시간쯤이겠죠?"

"그야! 당연하지." 유령이 말했다. "하지만 딱히 정해져 있지는 않아. 두 시도 되고, 세 시도 될 수 있지. 아무튼 밤새 그래. 그건 그렇고!" 이제 유령은 철제 난간에 옆얼굴을 누인 채 조롱하듯 꼬르르 물소리를 냈다. "분명 누가 오기는 올 텐데. 하긴 순경인지 코브 장군(General Cove)인지 모를 양반이 있는데 설마 여기에서 떨어질라고. 물 튀는 소리가 들릴 텐데."

그 말을 해석하면, 내가 코브 장군 아니면 잡다한 일을 처리하

---

11 like one's o'clock. 여기서는 '한 시쯤'이라는 뜻이 아니라, 빅토리아 시대의 관용어로 '빠르게', '힘차게', '열렬히' 등의 의미. 일을 하다 쏜살같이 점심을 먹으러 가는 모습을 표현한 데서 유래했다.

는 공무원이라는 뜻이었다. 나는 공무원답게 점잖은 말투로 물었다.

"빠진 사람들은 주로 구조되고, 물론 소생하겠죠?"

"내가 아나, 살아나는지 어쩌는지." 유령은 뭔가 초자연적인 이유로 그 말에 강한 거부감을 느끼는 듯 대꾸했다. "아무튼 노역소로 옮겨져서 뜨거운 목욕물에 넣었다가 꺼낸답디다. 하지만 되살아나는지 어떤지는 내가 알 게 뭐야. 제기랄!" 유령은 이렇게 말하고는 사라졌다.

유령이 공격적으로 변하려는 참이었기에, 나는 혼자 남은 사실이 별로 안타깝지 않았다. 게다가 그가 물에 젖어 머리카락이 착 달라붙은 머리로 가리킨 '노역소'는 지척에 있었다. 그래서 나는 (숯검정 묻은 굴뚝을 씻어낸 비눗물 같은 거품이 유혹적인) 베이커 씨의 무시무시한 덫을 떠나 과감하게 노역소 출입문의 초인종을 눌렀다. 그곳에서는 내가 올 것도, 내가 누구인지도 전혀 예상하지 못했다.

활기차고 날렵해 보이는 데다 열쇠 꾸러미를 손에 든 부인이 노역소를 보고 싶다는 내 부탁에 선뜻 응했다. 나는 그녀의 민첩하고 활력 넘치는 자그만 몸집과 총명한 눈을 보며 치안판사의 말에 의구심이 일었다.

여행자께서는 우선 최악인 곳부터 보시라(이것이 부인이 하고 싶은 말이었다). 한 군데도 빠짐없이 보여드릴 수 있다. 대단히 훌륭하지 않아도, 모두 이 정도는 된다.

'매독환자 병동'으로 들어가기 전 들은 설명은 이것뿐이었다. 환자들은 현대식으로 지어진 널찍한 본관에서 떨어져 포장한 마당 한쪽 구석에 찌그러지듯 처박힌 낡은 건물에 수용되어 있었다. 시대에 뒤떨어진 기괴하기 짝이 없는 건물 안에 온갖 불편하고 열악한 조건은 모두 갖춘 다락방이 그저 일렬로 늘어서 있는데, 유일한 통로인 좁고 가파른 계단은 환자가 올라가는 데는 물론이고 죽어서 내려오는 데도 적당하지 않기로 악명이 높았다.

　여기는 침대틀 위에, 저기는 마룻바닥에 놓여 있는(내 생각에는 시트를 갈려는 것 같았다), 이 형편없는 병동의 침대에는 병세가 제각각인 여자들이 누워 있었다. 이 광경을 유심히 보지 않으면 피부색이라든지 행동, 건강 상태가 대체로 비슷하고 일정해서 그 아래 잠복해 있는 특유의 다양한 증상을 알아차리지 못한다. 짚매트마다 영원히 이 세상을 등진 듯 뒤돌아 앉아서 고개를 외로 꼰 왜소한 몸집에 베개 위에서 멍하니 천장을 향한 누렇게 뜬 납빛깔의 무심한 표정, 약간 벌어진 초췌한 입, 이불 밖으로 떨어뜨린 둔하고 무기력한 데다 아주 가벼우면서도 한없이 무거워 보이는 손과 같은 모습들을 볼 수 있었다. 하지만 한 침대 옆에 걸음을 멈추고 서서 누워 있는 이에게 조용히 한마디 던지자, 그 얼굴에 예전의 모습이 설핏 떠오르며 매독환자 병동이 장터처럼 생기 있고 다채로워졌다. 생활을 걱정하는 사람도 없고, 불평하는 사람도 없었다. 말을 할 수 있는 사람들은 누구나 자신들이 여기에서 받을 수 있는 만큼 받고, 따뜻하고 인내심 있게 보살펴지고 있으며 고통은 심하지만 더 이상 바랄 게 없다고 말했다. 환자들을 수용한 방은 이런 시설의 방치고는 깨끗하고 지낼 만했다. 만약 관리가 제대로 되지 않았다면 일주일 사이에 페스트 환자 병동이 되었을 것이다.

나는 활기 넘치는 부인을 따라, 역시 열악하기 짝이 없는 계단을 올라가 백치라든지 정신 지체자들이 수용되어 있는 조금 더 나은 다락방으로 갔다. 이전 병동 창문이 남자 아이들이 좋아하는 학교 새장의 벽면 같았다면, 이곳은 적어도 빛이 들어왔다. 난로 앞은 튼튼한 쇠살대로 막혀 있어, 두 노부인이 난로 양 옆으로 그 쇠살대 너비만큼 떨어져 있게 하는 역할을 했다. 두 노부인에게서 위엄이라고는 거의 찾아볼 수 없었지만, 우리가 가진 경이로운 인간성 중에 하나인 자아도취는 제일 적게 줄었고 마지막까지 남아 있음이 분명했다. 그들은 눈에 띄게 서로 질투하며 (난로 쇠살대에 의해 격리되지 않은 일부 사람들도 그렇듯) 하루 종일 상대를 마음 속으로 깎아 내리고 경멸스럽게 바라보았다. 변두리 중산층 노부인들에 대한 풍자를 보면 몹시 수다스럽고 일요일이 되면 무슨 일이 있어도 예배만은 참석하게 해달라고 강력하게 요구한다는 식으로 묘사되는데, 이 노부인 역시 그런 특권이 허용될 때면 예배에 참석하여 큰 기쁨과 위안을 얻었다. 그녀는 수다도 잘 떨고 어찌나 쾌활하며 악의 없어 보였던지, 나는 동부 치안판사가 주장한 내용이 이 경우를 가리킬지 모른다고 생각하기 시작했다. 하지만 나중에, 그녀가 최근 참석한 예배에서 응창(應唱)

을 하는데 갑자기 숨기고 있던 작은 지팡이를 꺼내어 신도들을 때리는 바람에 작은 소동이 일어났다는 사실을 알게 되었다.

그리하여 이 두 노부인은 쇠살대 너비만큼 떨어져 앉아서 ―그렇지 않았으면 서로의 모자를 향해 달려들었을 것이다 ― 서로 의심하고, 발작이 끊이지 않는 세상을 응시하며 하루를 보냈다. 사실 이 방 사람들은 여자 감독관만 빼고 모두 발작 환자였다. 두툼한 윗입술에 체력을 잔뜩 비축해둔 듯한 분위기의 여감독관은 나이가 많고 몸은 건강한 극빈자 출신인데, 팔짱을 끼고 서서 눈알을 천천히 굴리며 넘어지는 환자를 붙잡아주거나 받쳐줄 기회만 노리고 있었다. 이 민간인 유명인사(그녀가 나의 존경하는 친구 갬프 부인의 몰락한 친척이라는 사실을 알게 되어 유감이었다)가 말했다. "선생님, 저 사람들은 계속 저래요. 마차를 끄는 말이 달에서 떨어질 때보다 더 아무런 경고도 없이 쓰러진답니다. 이쪽에서 쓰러지고 저쪽에서 쓰러지고, 어떨 때는 한 번에 네댓 명이 쓰러지죠. 말도 마세요, 쓰러져서 구르고 찢어지고. 맙소사! 그중에도 이 처녀는 정말 심각하죠."

그녀는 이렇게 말하면서 손으로 처녀의 고개를 돌려 얼굴을 들어올렸다. 그녀는 발작한 다른 환자 앞에 앉아 뭔가를 곰곰이 생각하고 있었다. 그녀의 얼굴이나 머리에 혐오스러운 구석은 전혀 없었다. 주변에 간질과 히스테리 증상을 다양하게 보이는 환자들이 많았지만 그녀는 그중에서도 최악으로 분류되고 있었다. 내가 몇 마디 말을 걸자 그녀는 여전히 생각 중인 듯한 표정으로 고개를 들었는데, 한낮의 햇빛이 그녀를 환히 비췄다.

　이 처녀나 심하게 아픈 다른 여성들이나, 혼란스럽고 몽롱한 머리로 누워 있거나 앉아 있을 때 햇빛에 날아다니는 먼지 사이로 건강한 사람들과 건강한 사물들을 얼핏 본 적이 있을까? 이 처녀도 여름이면 으레 떠오르는 어딘가에 피어 있을 꽃과 나무들, 심지어 산과 넓은 바다 같은 생각을 할까? 그것까지는 아니라도, 이 젊은 처녀는 그 나이 또래의 처녀다운 모습을 조금이라도 드러낸 적이 있을까? 지금 여기 있지 않고 앞으로도 절대 올 리가 없는, 구애를 받고 다정한 포옹과 사랑을 받으며, 남편이 있고 아이를 낳아 가정을 꾸리고 사는 모습, 무엇이 자신을 이렇게 덮치고 후려치고 잡아 뜯는지 절대 알지 못하는 그런 처녀다운 모습 말이다. 이 처녀도, 오, 하느님, 그녀를 도우소서! 언젠간 자포자기해서 달에서 떨어진 말처럼 쓰러질까?

　그때 이 희망 없는 곳으로 불확실하지만 아기들 목소리 같은 소리가 들려왔고, 나는 반가우면서도 마음이 아팠다. 문득 이 피폐한 세상도 아예 피폐한 곳만은 아니라 계속해서 새로워지고 있다는 생각이 들었다. 하지만 이 처녀가 그리 멀지 않은 과거에 아기였듯, 아기들도 멀지 않은 미래에 이 처녀처럼 자라게 될 것이다. 아무튼, 경계를 늦추지 않는 여감독관의 활기찬 발걸음과 시선은 나로 하여금 두 노부인(그들의 위엄은 아기들 목소리로 의해 더욱 흐트러졌다)을 지나 바로 붙어 있는 보육실로 향하게 했다.

　그곳에는 아기들도 많고, 잘생긴 젊은 엄마들도 많았다. 물론

못생긴 엄마도 있고, 침울한 엄마도 있고, 냉담한 엄마도 있었다. 하지만 아기들은 아직까지 어떤 불쾌한 표정도 지을 줄 몰랐고, 보드라운 얼굴에 하나같이 왕녀나 공주 같은 표정을 짓고 있었다. 나는 제빵사에게 돈을 지불하며 빨강 머리 어린 가난뱅이와 나를 위해 케이크를 구워 달라고 꽤 시적으로 주문하는 즐거움을 누린 덕분에 기분이 한결 나아졌다. 하지만 그런 행동을 한 까닭에 눈치 빠른 여감독관이 ―그때쯤 나는 그녀의 직무 능력을 진심으로 존경하기에 이르렀다 ― 나를 '골칫거리'들의 노역소에 들여보내주었는지도 모른다. 그녀는 나를 다음 방으로 안내하며 나의 행보를 통제했다.

'골칫거리' 수용자들은 마당으로 통하는 작은 방에서 뱃밥[12]을 뽑고 있었다. 창문에 등을 돌린 채 일렬로 앉아 있고, 앞에는 탁자와 일감이 놓여 있었다. 가장 나이 많은 골칫거리 수용자는 스무 살이고, 가장 어린 수용자는 열여섯쯤이었다. 비상업적 여행을 하는 동안 나는 골칫거리 수용소에서의 어떤 습관이 편도선과 목젖에 영향을 주는지 알아내지 못했지만, 빈민학교[13]와 올드 베일리[14]의 중간 단계에 속하는 골칫거리들은 남녀와 계급을 불

---

12 낡은 밧줄을 푼 것. 배의 틈새를 메우는 데 쓴다.

13 Ragged School. 19세기 영국에서 빈민 아동을 무료 교육했던 자선학교. 빠르게 산업화되는 도시의 노동자 계층 거주지역에서 생겨났다. 1844년 빈민학교 연합회는 아이들에게 무상 교육, 무상 급식, 의복, 숙소, 그밖에 가정에서 제공되는 서비스를 모두 제공했다.

14 Old Bailey. 런던의 중앙 형사법원.

유치장에서 무두질하고 뱃밥을 뽑는 매춘부들
윌리엄 호가스의 1732년 작 동판화.

문하고 목소리가 하나같이 비슷했다. 편도선과 목젖에 자꾸 병이 도지는 탓이었다.

"세상에, 오 파운드라니! 난 오 파운드나 뽑으려고 온 게 아니라고." 골칫거리 방의 대장격인 수용자가 고갯짓과 턱짓으로 장단을 맞추며 말했다. "지금 뽑고 있는 양도 많은데, 이런 곳에서 말이야. 그리고 우리가 대체 여기 왜 왔는데!"

(이 말은 작업량이 늘 수 있다고 넌지시 일러준 것을 알고 있다는 의미였다. 하지만 현재로서는 분명 작업량이 과중하지 않았다. 두 시도 안 됐는데 어떤 수용자는 이미 그날의 작업을 마치고 고개도 적당히 젖

힌 채 뒷전에 물러나 앉아 있었다.)

"정말 대단한 곳이에요, 그렇죠, 부인?" 골칫거리 2호가 말했다. "여자 애가 한 마디만 해도 경찰이 달려오다니 말이에요!"

"그뿐인가, 아무 짓도 안 해도 감옥으로 끌려갈걸!" 대장이 여감독관의 머리카락이라도 되는 양 뱃밥을 잡아 뜯으며 퉁명스럽게 말했다. "하지만 어디 가도 여기보다는 나을 거야. 그러니 그것도 고마워해야지!"

팔짱 낀 작업반장의 주도 하에, 수용자들이 웃음보를 터뜨렸다. 작업반장은 대화에 끼어들지 않았지만 주변에서 입씨름을 부추기는 주동자였다.

"어디라도 여기보다 낫다면," 나의 쾌활한 안내인이 침착하게 대꾸했다. "네가 있던 그 좋은 데를 떠나 여기로 왔으니 참 안됐구나."

"참나, 내가 언제 그랬어요. 부인." 대장이 다시 뱃밥을 뽑으며, 노골적으로 상대방의 이마를 째려보았다. "그런 소리 하지 마요. 거짓말이니까요."

작업반장이 다시 분란꾼들을 부추기더니 웅성웅성 소란을 떨다 잠시 멈추었다.

"그리고 내 발로 간 건 아니에요." 2호가 소리쳤다. "비록 사년 동안 거기 있었지만요, 거긴 나한테 맞지 않는 데였고 내가 가고 싶어서 갔던 것도 아니었어요! 게다가 거기 가족은 존경할 만한 사람들이 아니었다구요! 다행인지 불행인지, 겉으로 보이는 것과는 다른 사람들이었어요! 하긴 그 사람들 잘못도 아니죠. 젠장, 내가 타락하고 망가지지만 않았어도!"

이런 말을 늘어놓는 동안 작업반장은 분란꾼들과 다시 한바탕 떠들어대다가 조용해졌다.

비상업적인 여행자는 용기를 내어, 혹시 골칫거리 대장과 2호가 예의 치안판사 앞에 불려나갔던 두 젊은 여성이 아니냐고 물었다.

"맞아요!" 대장이 말했다. "우리예요! 그런데 이상하네, 여기 경찰은 보이지 않는데, 우리 다시 잡혀가는 건가요? 경찰도 없는데 여기에서 입을 열지 마세요."

2호가 (목젖이 떨리는 소리로) 큭큭거리며 웃었고, 다른 분란꾼들도 따라서 웃었다.

"나도 분명 고마워할 거야." 대장이 비상업적인 여행자를 곁눈질하며 말했다. "감옥에 가거나 아니면 외국으로 갈 수 있다면 말야. 아무리 복에 겨운 시설이라고 해도 난 여기 신물이 나거든. 그럴 만한 이유도 있고."

그럴 만했다. 그래서 2호도 그랬을 것이다. 그럴 만했기에 작업반장도 그랬다. 그럴 만했기에 분란꾼들도 그랬다.

비상업적인 여행자는, 얌전하고 젊은 가정부가 필요한 귀부인이나 신사가 있다 해도 두 선동꾼 골칫거리들이 지금 모습대로 자신을 소개하면 고용하고 싶은 마음이 싹 달아날 거라고 넌지시 귀띔해주었다.

"여기에서는 달라져봤자 소용없어요." 대장이 말했다.

비상업적인 여행자는 내심 설득해볼 가치가 있겠다는 생각이 들었다.

"아니에요. 쓸데없는 짓이에요." 대장이 말했다.

"진짜 소용없는 짓이야." 2호도 거들었다.

"차라리 빵에 들어가거나, 외국으로 갈 수 있다면 훨씬 좋을 거야." 대장이 말했다.

"내 생각도 그래." 2호가 말했다. "그러면 더 좋을 거야."

그때 작업반장이 몸을 일으키더니 완전히 새로운 생각인 양, 준비되지 않은 청중을 깜짝 놀래킬 엄청나게 신기한 내용이라도 되는 것처럼, 자신도 감옥에 가거나 외국으로 나가게 해주면 정말 고맙겠다고 말했다. 그러자 그녀가 '복창하라!'고 명령이라도 내린 듯 모든 분란꾼들이 똑같이 소리치기 시작했다. 그래서 우리는 그들을 뒤로 하고, 그저 나이가 좀 많고 노쇠했을 뿐인 다른 부인들 사이를 한참 걸었다. 그런데 이렇게 걸어가면서 노역소 마당이 한눈에 들어오는 높은 창문들을 내다볼 때마다, 작업반장과 골칫거리 수용자들이 그들의 나지막한 창문으로 나를 올려다보는 모습이 보였다. 하지만 그들은 내 머리만 잠깐잠깐 볼 뿐, 계속해서 날 주시할 수는 없었다.

이어지는 십 분 사이, 나는 청춘의 황금기라느니 인생의 전성기 혹은 건강한 노년기에 대한 동화같은 이야기를 믿지 않게 되었다. 그 십 분 동안 여성이라는 존재에서 발산되는 빛은 아예 사그라진 것 같았다. 나는 여감독관과 대화를 나누려고 그 지붕 밑을 빠져나올 때까지, 가물거리다 꺼지는 코담배 불빛 말고는 아무 빛도 볼 수가 없었다.

그런데 신기한 점은, 기억이 흐릿한 이 노부인들이 이런 곳 특유의 방식이라고 할 수 있는 집단 의식을 갖고 있다는 사실이었다. 거동이 불편하지 않으면서 방문객이 온 사실을 인식할 수 있는 노부인들은 누구나 비틀거리며 자신들이 늘 앉는 의자로 가서 기억이 흐린 노인들과 줄을 맞춰 앉았고, 좁은 식탁 맞은편에는 역시 정신이 흐린 다른 노인들이 한 줄로 앉아 있었다. 그들이 그런 식으로 앉아야 할 의무는 없었다. 그저 그들만의 '접대' 방식이었다. 게다가 원칙인 듯 서로 말도 걸지 않았고, 방문객은커녕 그 무엇도 쳐다보지 않고 조용히 앉아서 늙은 암소처럼 말없이 입만 움죽거렸다. 이런 방 몇 곳에서는 초록 식물을 볼 수 있어서 좋았다. 그리고 다른 방에서는 '골칫거리' 수용자가 같은 부류의 동료들과 떨어져서 보모로서의 역할을 톡톡히 해내고 있었다. 이런 방들을 포함해 주간에만 운영되는 시설, 야간에만 운영되는 시설 또는 주야 모두 운영되는 시설 또한 청결이며 통풍이 세심하게 관리되고 있었다. 나는 나와 같은 임무를 맡은 방문객들이 그렇듯 이런 시설을 여러 군데 가보았지만, 이곳보다 관리가 더 잘되는 곳은 보지 못했다.

침대에 누워 있어야만 하는 사람들에게는, 엄청난 인내심 못지 않게 베개 밑에 넣어둔 성경을 의지하고 신을 믿는 마음이 크다. 그런데 모두가 동정은 받아도, 회복될 거라는 희망을 가지라고 격려받는 사람은 많지 않다. 내가 말하고 싶은 점은, 장애의 합병증이 있는 경우와 병세가 악화되는 경우는 구별해야 한다는 점이다. 몇 군데 창문으로 활기차게 물결치는 강이 보였다. 그날은 눈부시게 맑았지만, 밖을 내다보는 사람은 아무도 없었다.

어떤 커다란 방에 가니 난롯가의 독특한 안락의자에 아흔 살은 훌쩍 넘어 보이는 노부인 둘이 큰 회사의 회장과 부회장처럼 앉아 있었다. 두 명 중에 더 젊은, 이제 갓 아흔이 된 할머니는 귀가 어두웠다. 아주 들리지 않는 것은 아니고 들리게 할 수는 있었다. 그녀는 처음 이 시설에 들어왔을 때 어린아이들을 돌봤고, 지금은 같은 방에서 기거하는 자신보다 더 노쇠한 노인을 돌보았다. 여감독관이 이렇게 설명할 때 노부인은 완벽하게 알아듣는 듯 연신 고개를 끄덕거리며 문제의 할머니를 손가락으로 가리켰다. 한편 그녀와 짝인 아흔세 살 할머니는 삽화가 들어간 신문을 앞에 두고(읽지는 않았다) 앉아 있었는데, 눈이 밝은 데다 귀도 어둡지 않았고 나이보다 젊어 보였으며 놀라울 정도로 의사소통을 잘했다. 남편과 사별한 지 얼마 안 되는 그녀는 이곳에서 지낸 지 일 년이 조금 넘었다고 했다. 미국 매사추세츠 주의 보스턴에서는 이런 빈민자의 경우 그대로 자기 집에서 거주하면서 자신의 방에서 보살핌을 받고 집 밖에서의 구호에 서서히 적응하게 한다. 그렇다면 영국에서는 구십 년 이상을 구빈원이 아닌 곳에서 살아온 노인에게 어떤 도움을 얼마나 주고 있을까? 브리튼 섬이 무수히 비유된 혼돈 속에 처음 푸른 대양에서 솟아났을 때, 그토록 입이 닳게 칭송되어온 대헌장에 이 나라의 수호천사가 절대 그러지 못하도록 금하기라도 했단 말인가?

민첩한 여감독관이 더 이상 보여줄 게 없어지자, 내 여행의 목적은 완수되었다. 나는 문가에 서서 그녀에게 악수를 청하며, 사법부가 정의를 제대로 행사하지 않고 있으며 동부의 현자들도 실수할 수 있는 법이라고 말해주었다.

나는 집으로 돌아가는 동안 '매독환자 병동'과 관련해서 내 생각을 정리해보았다. 그런 시설은 존재하지 말아야 한다. 평범하고 점잖은 사람들은 그런 병동을 보고 의구심을 가지지 않을 수 없다. 그렇다면 구빈연맹[15]은 무엇을 해야 할까? 지금과 달라지기 위해서는 수천 파운드의 비용이 들어갈 것이다. 연맹은 이미 노역소 세 곳을 지원하고 있었다. 그곳 주민들은 먹고 살기 위해 열심히 일하고 있으며 이미 빈민 구호를 위해 감당할 수 있는 한도까지의 비용을 대고 있다. 이 연맹에 속하는 어떤 가난한 교구는 수입 1파운드당 5실링 6펜스까지 세금을 냈다. 그런가 하면 같은 시기에 하노버 스퀘어의 부유한 세인트조지 교구는 1파운드에 약 7펜스, 패딩턴은 약 4펜스, 웨스트민스터의 세인트제임스는 약 10펜스의 구빈세를 냈다! 지금 방식으로 해결되지 않는 문제를 해결하는 길은, 오직 균등하게 구빈세를 분담하는 방법

---

15 구빈행정을 펴기 위해 몇 개의 교구를 묶은 단위.

굶주린 빈민 아동을 위한 급식
〈일러스트레이티드 런던 뉴스〉 1886년 4월 17일자 일러스트.

밖에 없다. 사실 한 번의 비상업적인 여행에서 알게 된 이런 정보를 통해 내가 해법을 제안한 것보다 더 많은 부분이 해결되지 않거나 잘못되고 있다. 하지만 동부의 현명한 사람들은 그런 문제에 대해 적절한 의견을 내놓기 전에 북부와 남부, 서부는 어떻게 해결하고 있는지 알아봐야 한다. 아울러 그들 또한 솔로몬의 재판석에 앉기 전에 아침마다 템플 주변의 상점과 주택가를 돌아보며 우선 '어떻게 하면 이 빈민들이 — 물론 많은 빈민이 노역소 밖에서 스스로 생계를 영위하는 데 어려움을 겪지만 — 조금이라도 더 스스로를 책임지게 할 것인가?' 자문해봐야 한다.

　그런데 아직 '베이커 씨의 올가미' 근처를 완전히 벗어나기 전인만큼 나에게는 집으로 가는 길에 생각할 문제가 더 있었다. 언젠가 동부의 세인트조지 성당 노역소 문을 두드린 적이 있었는데, 그 노역소가 그 방면의 전문가들에게 크게 신뢰받고 있을 뿐만 아니라 아주 유능한 노역소장에 의해 철저히 관리되고 있음을 알게 되었다. 하지만 내 경우 그곳에서 뿌리 깊은 허영심과 어리석음에 의한 2차적 피해의 실례를 목격했다. "이 방이 조금 전에 본 노령 남녀 빈민들이 예배를 보는 곳인가요?" "그렇습니다." "악기 연주에 맞춰 찬송가를 부르나 보군요?" "네, 사람들이 무척 좋아합니다. 악기에 유난히 흥미를 보입니다." "하지만 가질 수는 없겠죠?" "웬걸요, 피아노도 공짜로 얻을 수 있었는데, 안타깝게도 불화가 생겨서……." 아! 아름다운 옷을 입은 나의 기독교 신자 친구여, 성가대 소년들은 내버려두고, 더 많은 이들이 혼자 힘으로 노래 부르게 한다면 얼마나 좋을까! 당신은 나보다 더 잘 알고 있을 것이다. 내가 읽은 바로는 옛날 옛적에 그들도 그랬다고 한다. "그들이 찬미할 때 (아름다운 옷을 입지 않은) 누군가는 감람산으로 올라갔다."[16]

나는 도시의 거리를 걸으며 사소하지만 이런 우울한 생각에 마음이 아팠다. 길을 걷는데 거리의 돌멩이 하나하나가 나한테 말을 거는 것 같았다. "아저씨, 이 길을 돌아가보세요. 아직 해결되지 않은 일들이 기다리고 있어요!" 나는 기분도 달랠 겸 꼬리를 물고 떠오르는 아무 생각에나 빠져들려고 했지만, 과연 그랬는지 모르겠다. 내 머릿속은 온통 빈민들로 꽉 차 있었기 때문에, 결국은 수천 명 대신 내 기억에 남아 있는 빈민 한 명에 대한 생각으로 바뀌었을 뿐이었다.

"저, 실례합니다. 선생님." 한번은 그가 뭔가 은밀히 할 말이 있는 듯 나를 한쪽으로 데리고 가더니 말을 꺼냈다. "저도 한때는 잘나갔습니다."

"그거 안됐군요."

"선생님, 구빈원 원장에 대해 드릴 말씀이 있습니다."

"분명히 말하는데, 난 그런 문제에 대해 아무런 힘도 없습니다, 설령 있다 해도……."

"선생님, 한때 잘나갔던 제가 선생님과 이렇게 단 둘이 있으니

---

16 마태복음 26장 30절.

드리는 말씀인데, 실은 원장과 저는 둘 다 프리메이슨입니다. 그런데 말입니다. 저는 계속해서 신호를 보내는데, 제 처지가 이렇게 형편없다 보니 그쪽에서 제 수신호에 절대로 응답을 안 해주지 뭡니까!"

동쪽의 작은 별

전날 밤 유명한 《죽음의 춤》[1]을 끝까지 보았더니, 오늘따라 원작에서는 찾아볼 수 없는 음울한 낡은 목판화의 으스스한 단조로움이 새삼 의미 있게 다가왔다. 바로 눈앞에 기괴한 해골이 달가닥거리며 지나갔고, 뼈들이 서로 세게 부딪쳤다. 하지만 해골은 결코 수고스럽게 변장을 하지는 않았다. 이곳에서는 해골이 덜시머[2]를 연주하지도 않고 머리에 꽃을 꽂지도 않으며 깃털 장식을 흔들지도 않았다. 옷자락이 흘러내리는 긴 옷을 입은 사람들 한

---

1 산 자와 죽은 자가 함께 춤추는 혹은 행진하는 모습을 묘사한 미술작품 혹은 그 모티프. 여기서 언급된 것은 한스 홀바인이 1538년 발표한 목판화 41점의 연작으로, 죽음을 묘사한 가장 유명한 미술작품이다. 디킨스는 다우스 앤드 피커링(Douce and Pickering) 판을 1841년에 입수했다.
2 공명상자에 금속 줄을 치고 조그마한 해머로 쳐서 연주하는 현악기.

무리를 이끌고 종종걸음 치지도 않으며, 포도주 잔을 높이 쳐들지도 않고, 잔칫상을 앞에 두고 앉아 있지도 않고, 주사위를 던지지도 금덩이를 세지도 않았다. 그저 가는 길마다 닥치는 대로 살육을 하는, 뼈밖에 남지 않은 수척하고 굶주린 해골이었다.

런던 동쪽, 불결한 강과 인접한 래트클리프와 스테프니의 경계 지역은 비가 부슬부슬 내리는 11월이면 영락없이 《죽음의 춤》에 나오는 한 장면 같았다. 도로와 공터, 허름한 집들이 미로처럼 얽히고설켰다가 한 칸짜리 집들에서 끝이 났다. 불결함과 넝마와 굶주림이 난무하는 이 질퍽질퍽한 진흙탕 동네에는 일자리를 잃었거나 어쩌다 드물게 일을 하는 사람들이 주로 살았다. 어쨌든 숙련된 기술자들은 아니었다. 부두 노동자, 강변 노동자, 석탄 운반꾼, 바닥짐 싣는 인부, 장작을 패거나 물 긷는 허드레일꾼까지 한낱 막일꾼일 뿐이었다. 하지만 어쨌든 그들은 이 세상에 생겨나서 비참한 자신들 종족을 번식시켰다.

어떤 무시무시한 농담 한 가지에, 나는 해골이 여기에서 장난을 친 것처럼 느껴졌다. 해골이 벽에 선거 벽보를 붙여두었는데, 그게 비바람에 훼손되어 누더기처럼 너덜너덜해진 것이다. 해골은 심지어 어떤 황폐한 집의 덧문에 분필로 투표 결과를 계산해 놓았다. 또 자유롭고 독립적인 가난한 유권자들에게 이 사람에게 투표해라, 저 사람에게 투표해라 명령했다. 당신들이 정당의 성격과 국가의 번영을 중시하면(두 가지 모두 그들에게 중요할 거라고 나는 생각한다) 한 후보에게만 몰아주지 마라. 영원히 영광된 하나로 화합하려면, 상대가 없으면 아무것도 아닌 이 후보와 저 후보를 당선시켜라. 사실, 수도자의 머릿속에서나 나올 법한 방안에 대해 해골보다 더 신랄하게 비아냥거릴 수 있는 존재는 어디에도 없을 것이다.

이 후보와 저 후보 또는 정당이라고 불리는 대중의 행복을 추구한다는 이들은 저마다 멀리 내다보며 수천만(몇 명인지 누가 세어볼 것인가?) 영국 국민의 육체적·도덕적 퇴보를 멈추게 하고, 생계와 일자리가 시급한 사람들을 위해 공동체에 유익한 일자리를 만들며, 조세의 형평성을 꾀하고 황무지를 개간하고 이민을 활성화하며, 무엇보다 다가올 세대를 구원하고 활용할 계획을 세움으로써 심화되는 국가적 약점을 강점으로 바꾸겠다고 한다. 나는 그들의 원대한 계획을, 이런 희망에 찬 노력들을 생각하며 좁은 골목길을 걸어 내려가 한두 집 들러보기로 했다.

골목은 한쪽이 창문도 없는 벽들로 이어져서 어두컴컴했다. 현관문은 거의 열려 있었다. 나는 첫 번째 집으로 들어가 응접실 문을 노크했다. 계세요, 들어가도 됩니까? 들어가도 될까요?

그 집의 여주인(아일랜드인)은 바지선이나 부두 근처에서 주워 온 기다란 나무토막을, 그것이 아니었으면 텅 비었을 쇠살대 안에 밀어 넣고 막 철제 냄비를 데우고 있었다. 냄비 하나에는 생선이, 다른 하나에는 감자가 들어 있었다. 활활 타는 장작불빛 덕에 식탁과 부러진 의자, 벽난로 위 선반에 진열된 낡은 싸구려 도자기 장식물이 보였다. 나는 여주인과 몇 분쯤 이야기를 나누다 마루 구석에 놓인 섬뜩한 느낌의 갈색 더미를 발견했다. 예전에도 이런 식의 음울한 경험을 하지 않았더라면, 나는 그게 '침대'일지도 모른다는 생각조차 하지 않았을 것이다. 더미 위에 내동댕이쳐진 듯한 무언가가 놓여 있어서 나는 그게 무어냐고 물었다.

"불쌍하기도 하지, 저 여자는 상태가 아주 나빠요. 이렇게 아픈 지 오래 됐죠. 아마 영영 좋아지지 않을 거예요. 하루 종일 저렇게 잠만 자요. 밤에는 한숨도 못 자거든요. 모두 납 때문이에요, 선생님."

"방금 뭐라고 했죠?"

"납 때문이라고요. 납 공장 때문인 게 틀림없어요. 저 여자는 일당 십팔 펜스를 받고 거기에서 일했거든요. 그것도 일찌감치 신청을 하고, 운이 좋아서 그쪽에서 사람이 필요할 때만 일할 수 있죠. 그런데 납에 중독된 거예요. 어떤 사람은 쉽게 중독되고, 어떤 사람은 조금 늦게 중독되지만 결국 대부분 중독이 되고 말죠. 모두 체질에 달려 있어요. 강한 체질도 있고 약한 체질도 있죠. 저 여자는 쉽게 중독되는 체질인 데다 상태가 아주 심각해요. 귀로 뇌가 흘러나오고 있어서 여간 괴롭지 않나 봐요. 그래서 저런 거예요. 더도 덜도 아니고 그것 때문이에요, 선생님."

그때 아픈 여인의 신음이 들리자 여주인은 허리를 굽혀 그녀의 머리에 붕대를 감아준 뒤 빛이 들어오도록 뒷문을 열었다. 문틈으로 보이는 뒤뜰은 내가 본 것 중에 가장 처참하고 형편없었다.

"이게 모두 납 중독 때문이에요. 그렇게 밤낮없이 일하더니, 에고, 불쌍한 여편네 같으니, 통증이 얼마나 무시무시한지 몰라요. 그나저나 제 남편은 막노동을 하는데, 요 며칠 나흘 동안 일거리를 찾아 돌아다녔는데 아직이에요. 지금도 돌아다니고 있죠. 일할 준비는 되어 있는데, 일거리가 없어요. 이제는 장작도 없고, 먹을 것도 냄비에 있는 저것뿐이에요. 이 주일 동안 십 실링도 안 되는 돈으로 버텼죠. 오, 하느님, 저희를 굽어 살피소서! 아이고, 박복한 우리네 팔자, 정말로 앞날이 캄캄해요."

   내 생각이 맞는지는 모르지만, 자제할수록 나중에 후회할 일이 적어진다는 생각에 나는 이런 방문길에 아무것도 주지 않기로 결심한 터였다. 사람들의 반응을 살피고자 한 것이다. 내가 직접 조사를 나왔다고 해서 돈을 줄지 모른다는 기대는 하지 말라고 지체 없이 말할 수도 있었다. 하지만 사람들은 자신들의 비참한 생활에 대해 물어봐주는 것만으로도 고마워했고, 공감해주는 것만으로도 위로를 느꼈다. 게다가 어떤 경우에도 돈을 요구하지 않았고, 내가 아무것도 주지 않는다고 행여라도 놀라거나 실망하거나 분노하는 기색을 보이지 않았다.

   그때 여주인의 결혼한 딸이 위층 자기 방에서 내려와서 대화에 끼었다. 그녀 역시 그날 아침 일찍 '간택'되기를 바라고 납 공장에 갔지만 성공하지 못했다. 그녀에게는 네 명의 아이가 있었고, 부두 노동자인 남편 역시 일거리를 찾으러 나갔는데, 장인보다 형편이 나아 보이지 않았다. 그녀는 영국 태생답게 몸매가 풍만하고 성격이 명랑했다. 어머니와 마찬가지로 옷차림은 허름했지만 나름대로 단정하게 보이려고 애쓴 흔적이 보였다. 그녀는 불쌍한 병자의 고통뿐만 아니라, 납 중독의 증상이라든가 어떤 식으로 악화되는지도 훤히 꿰고 있었다. 그런 경우를 자주 보기 때문이었다. 그녀 말로는 공장 안에서 냄새를 많이 맡으면 쓰러질 수도 있다고 했다. 하지만 자신은 어쨌든 '간택'되기를 바라며 다시 찾아갈 거라고 했다. 그러지 않으면 어쩌겠는가? 배곯는 자식들을 보느니, 일당 18펜스를 위해 계속 그 일을 하다가 피부가 헐고 몸이 마비되는 편이 나았다.

이 방 뒷문에 접했고 역겹기 짝이 없는 시커멓고 지저분한 벽장은, 병든 여자가 한때 잠을 잤던 곳이었다. 하지만 이제는 밤이 되면 쌀쌀한 데다 담요와 이불을 '전당포로 보내버려서' 그녀는 낮에 누워 있던 곳에 밤에도 누워 있었고, 내가 갔던 그때도 그렇게 누워 있었다. 이 집 여주인과 그녀의 남편, 이 비참한 환자에다 다른 두 식구까지 온기를 나누기 위해 갈색 더미 위에 함께 누워 잠을 잤다.

"선생님, 고맙습니다. 주님의 은총이 함께 하시길!" 내가 그곳을 떠날 때 그들은―역시 고마워하는 목소리로―이렇게 작별 인사를 했다.

나는 도로 몇 개를 지나 어떤 일층집의 응접실 문을 두드렸다. 들여다보니 한 남자와 그의 아내가 네 아이와 함께 탁자 건너 발판을 겸하는 걸상에 앉아서 빵과 찻잎을 우려낸 물로 저녁 식사를 하고 있었다. 그들이 둘러앉은 난로 쇠살대 안에는 석탄불이 약하게 타오르고 있었다. 방에는 천막이 달린 침대가 놓여 있고, 침대 위에는 이불이 덮여 있었다. 그 남자는 내가 집 안으로 들어 갔을 때는 물론이고 그 안에 있는 내내 몸을 일으키지 않았다. 그러나 내가 모자를 벗자 공손하게 목례를 했고, 한두 가지 질문을 던지자 '그럼요'라고 대답했다. 방 벽에는 앞뒤로 창문이 나 있어서 통풍은 문제없어 보였지만, 당시에는 찬바람이 들이치지 않도록 단단히 닫아놓아 방 안 공기가 몹시 역겨웠다.

영리하고 민첩한 그의 아내가 벌떡 일어나 남편의 팔꿈치 곁에 다가섰다. 그러자 남자는 도움을 청하려는 듯 아내를 흘끗 올려 다보았다. 나는 그 순간 남편이 가는귀가 먹었음을 알 수 있었다. 서른쯤 되어 보이는 남편은 느리고 단순한 사람이었다.

"남편은 무슨 일을 합니까?"

"존, 이 신사분이 당신이 무슨 일을 하느냐고 물어요."

"보일러공입니다." 그는 보일러가 별 이유 없이 사라지기라도 한 듯 당황해서 주변을 두리번거렸다.

"선생님, 짐작하시겠지만 남편은 기술자가 아니에요." 아내가 끼어들어 말했다. "한낱 막일꾼이죠."

"일은 하고 있나요?"

그가 다시 아내를 올려다봤다. "당신이 지금 일을 하고 있느냐고 물으세요."

"일이라고!" 딱한 처지의 보일러공이 아내를 쳐다보며 이렇게 소리친 뒤 천천히 내 쪽으로 시선을 돌렸다. "웬걸요!"

"남편은 일을 하지 않아요!" 가련한 여인이 고개를 저으며 네 아이를 차례로 바라본 뒤 다시 남편을 보았다.

"일이라!" 보일러공은 여전히 사라진 보일러를 찾으며 내 얼굴을, 그리고 나서 허공과 무릎에 앉힌 둘째 아들을 차례로 쳐다보며 말했다. "일을 하면 얼마나 좋겠습니까! 삼 주일 전부터 하루 이상 일을 해본 적이 없습니다."

"그러고서 어떻게 생계를 유지했소?"

내가 언뜻 감탄을 내비치자 보일러공 구직자의 얼굴빛이 환해졌다. 그는 올이 드러난 마직 웃옷의 짧은 소매를 잡아당긴 뒤 아내를 가리키며 대답했다. "아내가 일을 했죠."

그가 보일러 공장이 어딘가로 이전을 했다고 말했는지 아니면 그렇게 추측하고 있었는지 잘 기억나지 않는다. 다만 다시 돌아오지는 않을 거라고 체념했던 기억만 남아 있다.

남편 대신 생계를 떠맡았지만 명랑한 그 아내는 대단히 인상적이었다. 그녀는 싸구려 기성복 공장에서 해군용 재킷을 만들었다. 내가 방문했을 때는 마침 수작업을 하느라 옷감을 침대에 펼쳐놓고 있었다 ─그 방에서 옷을 펼쳐놓을 만한 가구는 그게 유일했다. 그녀는 어느 부분을 손으로 만들고 나중에 기계로 완성되는 부분은 어디인지 보여주었다. 그녀가 즉석에서 한 계산에 따르면, 천을 재단하는 데 들어가는 비용을 제하고 재킷 한 장을 완성하면 10펜스 반 페니를 받을 수 있다고 했다. 그녀는 이틀이

못 걸려 한 개를 만들었다.

그러나 짐작하겠지만 그녀는 두 사람을 통해 일감을 받았고, 물론 공짜로 소개받은 것은 아니었다. 왜 중개인에게 돈을 내느냐고? 이유는 이랬다. 알다시피 중개인은 일감을 나눠줄 때 위험 부담을 졌다. 만약 그 부인에게 보증금 낼 돈이 있다면 ─2파운드라고 했다─ 직접 일감을 받을 테고, 그러면 중개인에게 수수료를 낼 필요도 없을 것이다. 하지만 돈이 한 푼도 없기 때문에 중개인에게 수익을 떼어주었고, 그래서 재킷 한 장 만들고 버는 돈이 10펜스 반 페니로 준 것이다. 그녀는 이런 전후 사정을 울먹이거나 웅얼거리며 말하기는커녕 자랑스럽게 설명하고 나서 일감을 주섬주섬 개어놓았다. 그러고서 남편 옆 걸상에 앉아 저녁 식사인 듯한 마른 빵을 먹기 시작했다. 휑한 식탁에는 컵 대신 낡은 종지와 임시변통으로 쓰는 지저분한 그릇들이 놓여 있었다. 여자가 입은 옷은 허름했고, 피부색은 영양 부족에 씻지를 못해 부시맨에 가까웠다. 그러나 그녀에게는 난파선 같은 불쌍한 보일러공 남편을 가정에 붙들어 맨 닻으로서의 자긍심이 분명 엿보였다. 내가 그 집을 나설 때 보일러공의 시선은 천천히 아내에게로 향했다. 마치 사라진 보일러가 그쪽에 놓여 있는지 마지막으로 한 번 더 확인하고 싶은 듯.

이들은 교구 구호금을 단 한 번 신청했다. 남편이 일을 하다 사고를 당해 몸을 움직일 수 없게 되었을 때였다.

나는 그곳에서 몇 집 떨어지지 않은 어느 건물 일층에 있는 방

한 칸짜리 집으로 갔다. 한 여인이 집 안이 '지저분하고 엉망'이라며 민망해 했다. 그날은 토요일이었는데, 그녀는 화로에 소스 냄비를 얹고 아이들의 옷을 삶고 있었다. 빨래를 삶을 데가 그 냄비밖에 없었던 것이다. 도자기 그릇도 없고, 양철 냄비도 없고, 욕조나 양동이도 없었다. 낡은 오지그릇 한두 개에 깨진 병 따위가 전부였고, 의자로 사용하는 부서진 상자가 몇 개 있었다. 마루 구석에는 살뜰히 긁어 모은 작은 석탄 더미가 있었다. 또한 마루에는 문짝 떨어진 벽장이 놓여 있고, 그 안에 몇 점 안 되는 누더기 옷이 걸려 있었다. 방 한쪽 구석에 프랑스풍의 낡은 침대가 보였다. 침대 위에는 누더기나 다름없는 공군복 상의에 기름때에 찌든 팬테일 모자³를 쓴 사내가 누워 있었다. 방 안은 완전히 깜깜했다. 벽은 얼마나 때가 묻었는지 일부러 검정색으로 칠한 게 아니라는 사실을 처음에는 믿기 힘들 정도였다.

나는 아이들 옷을 삶으며 ─그녀에게는 빨래비누 한 장 없었다─ 집 안이 지저분하다고 미안해하는 부인과 마주 서서 안 보는 척하면서 이런 모습을 모두 보았고, 점검 목록을 수정하기까지 했다. 처음 얼핏 보았을 때는 몰랐는데, 텅 비어 있을 줄 알았던 금고 안에는 빵 반 파운드가 들어 있고, 조금 전 내가 들어온 문손잡이에는 낡고 뻘건 데다 거칠거칠한 크리놀린⁴이 걸려 있었

---

3 fantail hat. 테두리 앞쪽이 높은 부리처럼 날카롭게 들리고 좌우 옆으로 완만하게 내려오다 뒤가 부챗살처럼 퍼진 모자. 1780년대에 유행했다.

4 당시 여자들이 치마를 불룩하게 보이게 하기 위해 안에 착용하던 틀.

다. 크리놀린은 고장 난 설비나 난로 파이프의 일부처럼 보였는데, 마룻바닥에 녹 가루가 떨어져 있음이 분명했다. 한 아이가 그것을 유심히 내려다보고 있었다. 난로에서 가장 가까운 상자에는 두 아이가 앉아 있었는데, 가냘프고 예쁜 아이가 다른 아이에게 이따금 입을 맞춰주었다.

이 여인도 아까 만난 여인처럼 비참할 정도로 추레했고 안색도 부시맨처럼 아주 나빴다. 하지만 언뜻언뜻 분명 생기가 느껴졌고, 뺨의 희미한 보조개 흔적은 묘하게도 예전 런던 델피 극장 시절, 빅토린과 우정을 나누던 핏츠윌리엄 부인[5]을 연상시켰다.

"남편에 대해 물어봐도 될까요?"

"저이는 석탄 운반부예요, 선생님." 그녀가 침대를 힐끗 보더니 한숨을 내쉬며 말했다.

"일은 하지 않습니까?"

"네, 선생님! 일은 언제나 부족하지만 그나마도 지금은 꼼짝없이 누워 있답니다."

"다리 때문이죠." 침대에 있는 남자가 말했다. "하지만 털고 일어나야죠. 당장 시작할 수도 있습니다."

"큰 아이들이 있나요?"

"딸 하나가 있는데 바느질을 해요. 아들녀석은 뭐든 닥치는 대

---

5 빅토린(Victorine)은 영국 극작가 제임스 로빈슨 플란치(James Robinson Planch, 1796~1830)의 별명. 핏츠윌리엄 부인(Mrs. Fitzwilliam)은 1819년 런던 스트랜드 가에 생긴 아델피 극장에서 첫해 공연된 멜로드라마의 여주인공.

로 하고요. 딸은 지금 일을 하러 나갔고, 아들은 일거리를 찾으러 나갔어요."

"그 아이들도 여기에서 지내나요?"

"여기에서 잠만 자요. 집세를 낼 수가 없어서 밤이 되면 여기로 오죠. 사실 우리 같은 사람은 집세 내기도 버겁답니다. 그런데다 집세에 관한 법이 바뀌면서 더욱 올랐죠. 일주일에 육 펜스예요. 지금 일주일째 밀렸는데, 집주인이 저 문을 덜컹거릴 정도로 무섭게 흔들며 우리를 쫓아내겠다고 소리 지르더군요. 도대체 어떻게 될지 모르겠어요."

침대 위의 남자가 서글픈 얼굴로 끼어들었다. "여기 제 다리 좀 보십쇼. 살갗이 벗겨지고 부었습니다. 이쪽저쪽 수도 없이 차였어요."

그는 자기 다리를(변색도 심하고 변형까지 되어 있었다) 한동안 바라보다, 가족들도 별로 보고 싶어 하지 않는다는 사실이 기억났는지—마치 언급하면 안 되는 계획표나 비밀 지도라도 되는 듯—다리를 도로 말아 침대로 올린 다음, 하릴없이 팬테일 모자로 얼굴을 가린 채 똑바로 누워서 꿈쩍도 하지 않았다.

"큰아들과 딸은 저기 벽장에서 자나요?"

"네." 여자가 대답했다.

"아이들도요?"

"네, 추워서 함께 모여 잘 수밖에 없어요. 덮을 이불도 마땅치 않고."

"저기 보이는 저 빵 말고 먹을 건 없습니까?"

"네, 없어요. 아침에 물과 함께 반 덩이를 먹고 남은 거예요. 앞으로 어떻게 될지 모르겠어요."

"나아질 기미가 보이지 않습니까?"

"큰아들이 오늘 얼마라도 벌면 집으로 가져올 거예요. 그럼 오늘 밤 뭣 좀 먹겠죠. 잘하면 집세도 얼마쯤 낼 수 있겠고. 그렇지 않으면 어떻게 될지 모르겠어요."

"정말 비참하군요."

"네, 선생님, 정말 사는 게 고단하기 짝이 없어요. 가실 때 계단 조심하세요, 계단이 부서졌거든요. 그럼 안녕히 가세요!"

이들은 노역소에 가게 될까 봐 두려워서 교구에서 구호금도 받지 않고 있었다.

역시 빈민 공동주택가에 위치한 또 다른 집에서는 다섯 아이 ─ 아기인 막내는 교구 의사의 환자였다 ─ 를 둔 점잖은 부인을 만났다. 그녀의 남편은 병원에 입원해 있고 가족은 교구 연맹으로부터 일주일에 구호금 4실링과 빵 다섯 덩이를 지원받고 있었다. 이 국회의원, 저 국회의원 그리고 대중 행복당이 서로 머리를 맞대고 충분한 시간 의논하여 구빈세 분담의 균등화라는 목표를 이뤄내면, 그 부인도 '6펜스 이상'의 곡조에 맞춰 죽음의 춤을 추게 될 것이다.

나는 아이들에 대한 생각을 지울 수가 없어 한동안 다른 집에 들어가지 못했다. 아이들을 볼 때면 비참한 어른들을 볼 때와 달리 마음을 다잡지 않고선 견디기 힘들었다. 어린아이들이 얼마나 굶주렸으면 그렇게 진지한 표정을 짓고 과묵할까. 나는 동굴 같은 집에서 병들어 죽어가는 아이들을 생각했다. 그 아이들은 분노도 느끼지 못한 채 죽어가고 있었다. 하지만 고통스럽게 죽어가는 아이들을 생각할수록 나 자신이 무력하게만 느껴졌다.

래트클리프 강둑을 따라 내려가다 샛길로 빠져 위로 올라가자 다시 철로가 나왔다. 그때 길 건너편에 '이스트 런던 아동병원'이라고 새겨진 간판이 눈에 들어왔다. 그때 나에게 그보다 더 반가운 글귀는 없었을 것이다. 나는 길을 건너 곧장 병원으로 갔다.

어린이 병원은 과거 돛을 제조하던 공장 또는 창고 터에 아주 간단한 방법으로 대충 지어졌다. 바닥에는 물건을 올리고 내리는 트랩도어가 설치되어 있고, 마루 널빤지는 무거운 발과 하중을 이기지 못해 군데군데 튀어 올라와 있었다. 게다가 불편하게 튀어나온 선반과 기둥, 허술한 계단 때문에 나는 병실로 가는 내내 당혹스러웠다. 병실은 통풍이 잘 되고 쾌적하며 깨끗했다. 서른일곱 개 침대마다 작고 귀여운 아이들이 보였다. 영아와 유아들의 얼굴은 두세 세대에 걸쳐 이어져 내려온 굶주림 때문에 초췌하기 그지없었지만, 고통은 살짝 누그러졌음을 알 수 있었다. 누군가 별명을 부르며 쓰다듬어주자 아이들의 대답 소리가 들려왔다. 부인의 섬세한 손길이 가볍게 스치는 곳마다 보이는 버려진 막대기처럼 가느다란 팔들에, 가슴 깊은 곳에서 동정심이 솟구쳤다. 부인의 손길이 닿으면, 새 발가락 같은 작은 손가락들이

이스트 런던 아동병원의 병실
1872년 제작된 판화.

그녀의 결혼반지를 사랑스럽게 휘감았다.

　그중에 한 아기는 라파엘로의 천사처럼 예뻤다. 작은 머리에
는 뇌수종 때문에 붕대가 칭칭 감겨 있었다. 아기는 급성 기관지
염까지 앓고 있어서, 보채거나 투정부리지는 않아도 가끔 애처
롭게 칭얼거렸다. 뺨과 턱의 매끄러운 곡선은 유아기 아름다움의
집약체라고 해도 손색이 없었고, 크고 맑은 눈망울은 사랑스럽
기 그지없었다. 내가 침대 발치에 걸음을 멈추자 아기는 특유의
호기심 가득하고 동경 어린 표정으로 나를 바라보았다. 그렇게
한참 나를 쳐다봤는데, 내가 그곳에 서 있는 동안 한 번도 시선을
돌리지 않았다. 애처로운 소리를 내며 작은 몸을 떨 때에도 시선
은 흔들리지 않았다. 그 눈길은 마치 자신이 이 어린이 병원의 자

비로운 손길에 의해 보호받고 있다는 사실을 널리 알려달라고 부탁하는 것 같았다. 그래서 나는 아기가 턱 위에 올린 순결하고 앙증맞은 주먹에다 세파에 찌든 내 손을 살며시 대며, 그러겠노라고 말없이 약속했다.

부부 사이인 젊은 신사와 숙녀는 이 건물을 사들인 뒤, 지금과 같은 숭고한 용도로 사용하기 위해 설비를 갖추고 스스로 병원 관리자와 의사로서 조용히 정착했다. 두 사람 모두 의학과 수술에 관련된 실전 경험을 꽤 쌓았다. 남편은 런던 대형 병원의 입주 연수 외과의였고, 부인은 성실한 의학도로 어려운 시험을 통과했으며 콜레라가 창궐하던 때 병들고 가난한 사람들을 간호했다.

외부로부터 유혹의 손길이 끊이지 않을 만한 의사로서의 능력과 젊음과 취향, 그런 동네에서는 필연적이라 할 혐오스러운 환경에 둘러싸인 탓에 주위의 누구도 알아봐주지 않을 자질들을 지닌 채 그들은 그곳에 정착했다. 그들은 병원에서 생활했고, 살림집은 병원 2층이었다. 저녁 식탁에 앉으면 아이들의 고통스러운 울음소리가 들려왔다. 부인의 피아노와 그림 그리기 도구, 책, 그밖에 교양의 증거물들은 어린 환자들의 철제 침대가 놓인 허름한 병원 한구석에 처박혀 있었다. 화물선에 탄 승객들처럼 궁여지책으로 그곳에 놓인 것이다. 약제사(자신의 이익이 아니라 두 사람의 매력과 대의명분에 이끌려 그곳에 있었다)는 식당 한구석에서 잠을 청했고, 주방에서 음식을 내갈 때 이용하는 바퀴 달린 탁자에 세면도구를 올려두었다.

주변의 물건들을 최대한 활용하면서 뿌듯해 하는 마음은 스스로 유용한 존재라는 자부심과 닿아 있음을 나는 깨달았다. 우리 힘으로 세운 이 칸막이, 우리 힘으로 해체해서 치운 저 칸막이, 우리 힘으로 옮긴 또 다른 칸막이, 대기실에서 사용하려고 손수 얻어온 난로, 또는 밤이 되면 흡연실로 바뀌는 작은 진찰실에 대한 자부심이란! 게다가 뒷마당에 석탄 저장소가 있다는 한 가지 꺼림칙한 사실을 제외하면, 그 감탄할 만한 위치라니! "우리 병원 수레는 친구의 선물입니다. 아주 유용할 거예요." 그들이 이렇게 설명하면서 내게 보여준 것은 유모차였는데, 계단 내려가는 곳 구석에 딱 유모차가 들어갈 만한 크기의 주차장도 찾아둔 참이었다. 병원의 실내 장식은 이미 시작되었는데, 단계별로 붙일 색색의 인쇄물이 많이 준비되어 있었다. 특히 균형추를 매단 듯 고개를 푹 숙인 데다 기상천외한 벼슬이 달린 매력적이고 경이로운 새 목각품은 바로 그날 아침에 사람들에게 첫 선을 보인 차였다. 환자들에게 다정히 말을 건네며 침대 사이로 종종거리며 돌아다니는, 푸들이라고 불리는 우스꽝스런 잡종견도 있었다. 굶주린 채로 병원 문 앞에서 발견된 이 개는 구제되어 먹이를 받은 후로 줄곧 여기에 살았고, 그 자체로 아이들에겐 기운을 불어넣어주는 강장제였다. 어떤 이는 이 개가 환자들에게 정신적으로 힘이 되어주는 점을 칭송하여 "겉모습으로 푸들을 판단하지 말라."는 글귀가 들어간 개목걸이를 선물해주었다. 내게 호감 가는 첫인상을 주었을 때도, 녀석은 어떤 소년의 베개 위에서 명랑하게 꼬리를 흔들고 있었다.

이 병원이 처음 문을 연 그 해 1월만 해도 사람들은 병원이 베풀어주는 서비스에 대한 대가를 누군가 대신 지불하며, 자신들에게는 그런 서비스를 요구할 권리가 있고, 마음에 들지 않으면 화를 내고 트집을 잡아도 된다는 식으로밖에 이해하지 못했다. 하지만 이내 상황을 정확히 이해하게 되자 감사하는 마음이 한 층 깊어졌다. 규칙상 환자의 어머니는 병원을 자유롭게 드나들 수 있었고, 아버지는 주로 일요일을 이용했다. 그런데 어이없게 도, 부모들은 아이에게 죽음의 순간이 오면 비참하기 짝이 없는 집으로 굳이 데려가려는 경향이 있었다(하지만 나로서는 공감하고 이해한다). 한 사내아이는 비 오는 밤에 그런 이유로 집으로 돌아갔는데 염증이 아주 심각한 상태였다. 그 후 우여곡절 끝에 다시 병원에 오게 되었지만, 회복되기까지 엄청난 고생을 겪었다. 내가 만났던 당시에는 음식에 굉장한 흥미를 보이는 명랑한 소년이 되어 있었다.

영양 결핍과 건강에 열악한 생활환경이 어린 환자들이 질병에 걸리는 중요한 원인이다. 따라서 영양 공급과 청결, 환기가 주된 치료법이다. 환자들은 퇴원한 후에도 외래 치료를 받고 가끔 병원에 와서 식사도 한다. 환자가 아니라도 배가 고프면 언제든지 병원에 와도 된다. 그 부인과 남편은 환자와 그 가족의 처지뿐만 아니라—그들이 등록해둔—주변 이웃들의 성품과 처지에 대해서도 잘 알고 있다. 서서히 빈곤의 늪에 빠지는 사람들은 최후의 극단으로 내몰릴 때까지 숨기려고 한다는 것이 두 사람의 공통된 경험이다.

이 병원에서 일하는 간호사는 하나같이 젊다. 말하자면 열아홉에서 스물네 살까지다. 이렇게 빠듯한 형편 속에서도 그들은, 부유한 병원에서도 얻지 못하는 편안한 숙소와 식사까지 제공받는다. 하지만 감동적인 사실은, 다른 무엇보다 아이들에 대한 관심과 아이들의 슬픔에 공감하는 마음이 이 처녀들을 이곳에 단단히 묶어둔다는 점이다. 이 병원에서 가장 숙달된 간호사는 이곳과 비슷하게 가난한 이웃 동네에서 왔는데 이 일이 얼마나 중요하고 필요한지 잘 알고 있다. 그녀는 꽤 실력 있는 재봉사이기도 하다. 그녀는 이 병원에서 일 년에 재봉사의 몇 개월치 월급에 해당되는 몇 파운드도 받지 못하고 근무한다. 어느 날 부인은 도의상 그녀에게, 장래를 위해 원래 하던 일을 하는 게 어떻겠느냐고 물었다. "아니에요." 간호사가 단호히 말했다. 그녀는 다른 어디에서도 여기만큼 자신이 쓸모 있는 존재라고 느끼지 못할 것이고 행복할 것 같지도 않다며, 무슨 일이 있어도 아이들과 함께하겠다고 말했다. 그리고 그녀는 지금까지 머무르고 있다. 내가 지나갈 때 한 간호사가 사내 아이를 씻기고 있었다. 나는 그 간호사처럼 즐거운 표정으로 걸음을 멈추고 아기에게 말을 걸었다. 여느 아기들처럼 정수리가 뾰족한 아기는 잔뜩 찡그린 얼굴로 미끄러운 손길에 코를 내맡긴 채 담요 안에서 경건하게 밖을 응시하고 있었다. 그런데 어린 신사가 갑자기 발버둥을 치며, 해맑은 얼굴에 나를 놀리듯 환한 미소를 지었다. 나는 이전까지의 수고가 씻은 듯이 사라지는 기분이었다.

몇 년 전 파리에서 〈아동병원 의사〉라는 충격적인 연극이 상연되었다. 그런데 파리의 극작가가 무대에서 재현한 의사의 모습은 내가 지금까지 이야기한 그 아동병원 의사를 마지막으로 보았을 때의 모습과 완전히 닮아 있었다. 느슨한 검정 넥타이, 단추가 덜렁거리는 검정 프록코트, 근심 가득한 얼굴과 흘러내린 짙은 색 머리카락, 눈썹, 휘어진 수염까지. 그러나 내 생각에 어떤 극작가도, 런던 동부에서 아동병원을 운영하는 젊은 의사 부부의 삶과 가족사는 감히 상상하지 못할 것이다.

이윽고 나는 스테프니 기차역에서 펜처치 거리의 종착역으로 가는 기차를 타고 래트클리프를 떠났다. 누구든 내 여정을 거슬러 가면 내가 갔던 곳으로 되돌아갈 수 있을 것이다.

아마추어 순찰기

아무리 한가한 산책이라도 반드시 행선지를 정하는 게 내가 선호하는 방식이다. 나는 거리 산책을 하려고 코벤트 가든의 숙소를 나서기 전에 과제를 정한다. 그리고 도중에 행선지를 바꾼다든가 끝까지 가지 않고 되돌아오는 것은 누군가와 맺은 합의를 부당하게 어기는 것으로 간주한다. 한번은 라임하우스[1]까지 가야 할 일이 생겼는데, 이처럼 일종의 의무감을 갖고 맹세한 굳은 신념에 따라, 나 자신과 약속한 대로 정확히 정오에 출발했다.

　이런 경우 나는 산책을 순찰로 여기고, 같은 임무를 수행하는 더 높은 지위의 순경처럼 행동하는 버릇이 있다. 거리에는 불량배들이 아주 많은데, 나는 머릿속으로 녀석들을 체포하고 소탕

---

[1] Limehouse, 런던 동부의 지역 이름. 와핑에 근접해 있다.

한다. 만약 내가 힘으로 녀석들을 제압할 수만 있다면, 런던 거리에서 그런 녀석들은 찾아보기 힘들 거라고 말할 수 있을 텐데.

바로 이런 식의 순찰을 돌다가 일어난 일인데, 나는 집으로 돌아가는 덩치 큰 강도 셋을 눈으로 뒤쫓으며—맹세하는데, 그들의 집은 길이 사방으로 뚫리지 않은 좁다란 드루어리 레인[2]에서 몇 야드 떨어지지 않은 곳에 있음이 분명했다(나도 그렇듯 그들도 방해 받지 않는 곳에 살고 싶을 것이다)—신임 경찰청장[3]에게 정중하게 제공할 내용을—나는 믿음직하고 유능한 공무원처럼 소상히 보고한다—염두에 두고 임무를 수행했다. 하지만 경찰 보고서를 보면, 참기 힘들 정도로 판에 박히고 하찮은 내용을 어쩔 수 없이 읽어야 때가 얼마나 많았던가(나는 그렇게 느꼈다). 순경이 훌륭하신 치안판사에게 보고하기를, 범인의 동료들은 방금 말한 보통 사람들은 가기를 꺼려 하는 거리 또는 골목에 살고 있는데, 훌륭하신 치안판사도 그 거리 또는 골목에 대한 악명은 익히 들어서 알고 있을 테며, 우리 독자들도 그곳이 2주일에 한 번 꼴로 교화용 설교에서 듣는 그 거리 또는 골목이기에 틀림없이 기억할 거라는 등등.

자, 이제 경찰청장이 런던의 각 경찰국에 회람을 보내, 모든 관

---

2 Drury Lane. 런던 코벤트 가든 동쪽에 위치한 거리로, 18~19세기에 매춘과 음주가 횡행하는 런던 최악의 슬럼가였다.

3 1829년 이후 이 직위를 역임해온 리처드 메인이 죽은 후 1868년 에드먼드 헨더슨 대령이 신임 경찰청장에 임명되었다.

할구역 내에서 사람들이 가기 꺼려 하는 무시무시한 거리 또는 골목의 이름을 알아내라는 지시를 내린다고 치자. 그러고서 이렇게 경고한다고 하자. "만약 그런 지역이 정말로 존재하면 경찰이 무능하다는 증거이니 징계를 하겠다. 그러나 만약 존재하지 않고 늘 그러던 대로 허구일 경우, 경찰이 나태하게 암묵적으로 전문 범죄를 방조한다는 증거이므로 마찬가지로 징계를 할 것이다." 대체 어느 쪽이냐? 허구냐 실재냐, 이렇게 티끌만한 상식을 잣대로 삼을 때 그들이 과연 살아남을 수 있을까? 그나저나 이런 내용은 공개재판에서 지겹도록 들어서, 뉴스 기사도 울타리에 열린 구즈베리마냥 진부하게 만들어버렸다. 도대체 증기와 가스를 사용하고 도둑을 촬영하며 전보를 이용하고 스튜어트 왕조가 스튜처럼 졸아들어 성소에 모셔진 요즘 시대에도, 아직까지 이런 고비용의 경찰 제도가 런던에서 사라졌다는 소식은 들리지 않는다! 만약 전 부서에서 동등하게 훈련을 한다면 두 해 여름 만에 중세의 전염병이 돌아오고, 한 세기 만에 드루이드[4]들이 재등장하지 않을까!

이런 공공의 피해에 대한 내 몫의 책임을 생각하며 발걸음을 재촉하던 나는 그만 비참하고 가련한 어느 피조물을 넘어뜨리고 말았다. 그는 한 손으로 누더기처럼 해진 바지를 움켜쥐고 다른 손으로 헝클어진 머리카락을 움켜쥔 채 진흙 묻은 돌멩이에 맨

---

4 고대 켈트족의 종교였던 드루이드교의 성직자.

발이 걸렸다. 나는 울음을 터뜨린 그 불쌍한 존재를 일으켜주려고 걸음을 멈췄다. 그때였다. 남녀 할 것 없이 오십 명쯤 되는 사람들이 순간적으로 내게 달려들더니 매달리고 구르고 아우성치고 비명을 지르며 헐벗고 굶주린 몸을 떨었다. 내가 넘어뜨린 아이의 손에 쥐어주었던 돈은 금세 누군가에게 낚아채였고, 그 돈은 다시 늑대의 손아귀로 들어간 뒤 다른 누군가에게 넘어갔다. 넝마조각과 여러 개의 팔다리들이 진흙탕 속에서 벌이는 노골적인 실랑이 속에 돈의 행방은 도무지 알 수가 없었다. 나는 아이를 일으켜 큰길 밖으로 끌어냈다. 이런 일이 벌어진 곳은 템플 바에서 멀지 않은 몇몇 목재 더미와 울타리 그리고 철거된 건물의 잔해 사이였다.

그때 뜻밖에도 그들 중에서 진짜 순경이 튀어나와, 혼비백산해서 사방으로 흩어지는 지긋지긋한 종족을 가로막으며 이쪽저쪽으로 휙휙 뛰어다녔다. 하지만 그는 잡는 척할 뿐 아무도 잡지 않았다. 모두 놀라서 달아나자 그때서야 모자를 벗고 그 안에서 손수건을 꺼내 뜨거워진 이마를 닦았다. 그러고 나서 대단한 도덕적인 의무를 다한 듯 굴며—사실은 자신이 해야 할 일을 한 것뿐이었다—손수건을 다시 모자 속에 넣었다. 나는 그 모습을 보고 나서, 진흙탕에 어지러이 남은 발자국을 보았다. 문득 비바람을 견디며 몇 겁의 세월이 흐른 후 지질학자에 의해 절벽 표면에서 발견된, 멸종된 생명체의 발자국 이야기가 떠올랐다. 그리고 이런 추측을 해보았다. 만약 이 진흙밭이 지금 이대로 돌처럼 굳어

뉴게이트 감옥과 세인트폴 성당
1890년 촬영된 사진.

져서 수만 년 동안 여기에 가려진 채 있게 된다면, 지구상에서 우리의 후세가 될 인간 종족은 전통의 도움 없이 이곳에서 찾아낸 흔적만 가지고 인간의 지력을 최대한 발휘해, 한 나라의 수도에서 아이들을 방치할 뿐만 아니라 바다와 육지에서 휘두르는 힘은 자랑스러워하면서 그 힘으로 아이들을 붙들어주고 구해주지는 않는 공공의 야만성을 가진 문명사회가 존재했다는 놀라운 추론을 할 수 있을까. 나는 그 점이 궁금했다.

그리고 나서 올드 베일리[5]로 와서 뉴게이트 쪽을 흘끗 보았을

---

5 〈와핑 노역소〉 각주 14번 참고.

때 왠지 감옥이 달라 보였다. 그날따라 공교롭게도 달라 보였을 것이다. 세인트폴 성당의 비율은 무척 아름다웠지만 내 눈에는 어쩐지 주위와 조화를 이루지 못하는 것처럼 보였다. 십자가는 너무 높았고, 그 아래 끼워진 황금 공으로부터 너무 널리 떨어져서 엉거주춤 걸터앉은 느낌이 들었다.

나는 스미스필드[6]와 올드 베일리를 ─화형, 수감된 사형수, 공개 처형, 마차 뒤에 매달아 도시를 휘젓고 다니며 매질하기, 단두대, 쇠 인두로 낙인찍기, 그밖에 우리에게 미처 멸망이 내리기도 전에 불손한 손길로 뿌리 뽑힌, 선조들의 아름다운 발명품들을 ─뒤로하고 계속해서 동쪽으로 순찰을 했다. 마치 여기저기 보이지 않은 선이 그어진 것처럼, 묘하게도 주변 지역이 저마다 특색 있게 나뉘어져 있었다. 은행과 환전상들은 여기에서 끝나고, 여기부터는 해운업자와 항해 기기 상점들이 시작되고, 여기부터는 식품점과 약국 냄새가 희미하게 풍겨오고, 여기부터는 푸줏간들의 강한 냄새가 한데 섞이고, 여기부터는 요즘 대유행이라서 일일이 가격표가 붙어 판매되고 있는 작은 양말들을 보게 될 것이다. 마치 모두 특별 주문을 받고 예약된 것처럼 보인다.

하운즈디치 교회에서 크게 한 걸음만 건너면 ─캐논게이트[7] 아래쪽 도랑의 너비 정도인데, 어떤 스코틀랜드인의 설명에 의하

6 Smithfield, 런던의 오래된 가축시장.
7 Canongate, 스코틀랜드 에딘버러 올드타운에 있는 대로.

면 집달리가 자유 지역에서 히죽히죽 웃으며 서 있을 때 공포에 질린 채무자들은 그 도랑을 건너 홀리루드[8] 성소에 들어간 후에야 안도하곤 했다 ─ 모든 것이 질이나 분위기 면에서 완전히 달라졌다. 서쪽에서 판매하는 식탁이나 서랍장 따위는 마호가니로 만든 데다 니스 칠이 되어 있었다. 반면 동쪽에서 판매되는 가구들은 입술에 바르는 연고 비슷한 싸구려 모조품을 덕지덕지 발랐다. 또 서쪽에서는 페니 로프나 페니 번[9]의 속이 조밀하고 알찼지만, 동쪽에서 파는 빵은 한 푼이라도 더 받으려고 개수를 늘린 듯 이리저리 잡아당겨 울퉁불퉁 볼품이 없었다. 이윽고 화이트채플 교회 주변과, 인접한 설탕 공장을 돌아 ─ 층층으로 된 커다란 건물들의 외관은 리버풀의 항만 창고와 아주 비슷하다 ─ 오른쪽으로 빠져나간 뒤 왼편의 불편한 모퉁이를 겨우 돌자, 별안간 멀리 떨어진 런던 거리와 비슷한 환영이 나타났다.

요사이 런던으로 통근하는 사람들치고, 뭔가 척추 질환 때문에 몸이 둘로 접힐 듯 구부러진 데다 얼마 전까지만 해도 한쪽 옆으로 돌아가 있던 고개가 이제는 팔 뒤로 내려가다 못해 손목에 닿을락 말락 하는 여인을 보지 못한 사람이 있을까? 그녀의 지팡이와 숄, 바구니를 모르는 사람이 있을까? 그녀는 길바닥 말고는 아무것도 보지 못하기에 손으로 더듬어 길을 걸어가고, 구걸도

8   Hollyrood. 여기서는 동명 지역에 있던 스코틀랜드 의회 건물을 가리킨다.
9   〈길을 잃다〉 각주 11번 참고.

하지 않으며, 걸음을 멈추는 법도 절대 없다. 어디에도 갈 수 없고 아무 일도 하지 못하기 때문이다. 그녀는 도대체 어디에 살고 어디에서 왔으며 어디로, 왜 가고 있을까? 그녀의 누런 팔이 뼈 위에 양피지 같은 가죽을 씌운 것에 지나지 않았던 때가 기억난다. 그런데 미세한 변화가 일어났다. 이제는 인간의 피부다운 짙은 혈색이 도는 것이다. 스트랜드 가는 그녀가 돌고 도는 반 마일쯤 되는 궤도의 중심점쯤 되는 것 같다. 그녀가 어떻게 이 멀리 떨어진 동쪽까지 왔을까? 게다가 돌아가는 길은 또 어떻고! 그녀는 얼마나 멀리 가봤을까? 그녀는 이 근방에서 보기 드문 구경거리다. 나는 개한테서 그녀의 유명세에 대한 흥미로운 정보를 얻었다. 우스꽝스럽게 생긴 꼬리에 몸이 한쪽으로 기울어진 잡종견이 꼬리를 바짝 세우고 귀를 쫑긋 세운 채 느릿느릿 걸어가다 자기 동료—이런 표현을 써도 된다면—인 인간의 행동에 우호적인 관심을 보였던 것이다. 개는 푸줏간에서 잠깐 걸음을 멈춘 다음 돼지고기의 여러 가지 좋은 점에 대해 생각하는 듯 헤벌쭉 벌린 입가에 침을 질질 흘리며 나처럼 동쪽으로 달려가다, 잔뜩 웅크린 덩어리가 다가오는 것을 보았다. 개는 그 덩어리를 보고 움찔하긴 했지만, 자체 이동수단이 있는 상황이니만큼 그다지 놀라지는 않았다. 그러기는커녕 걸음을 멈추고 귀를 더욱 쫑긋 세운 채, 작은 움직임도 집중해 노려보면서 짧고 나지막하게 으르렁거리며 코를 반짝거렸다—내가 공포를 느낄 때와 비슷했다. 그 덩어리가 계속해서 다가오자 개는 꼬리를 빙글빙글 돌리며 마구 짖다 공중으로 날아오르려고 했지만, 순간 그런 비행이 개한테 어울리는지 스스로 갈등하다 고개를 돌렸고, 여전히 다가오고 있는 헝겊 뭉치와 마주쳤다. 개는 한참 머뭇거리다 이내 그 넝마 뭉치 어딘가에 얼굴이 있음을 깨달았다. 그리하여 필사적으로 탐색하고 조사해봐야겠다고 결심한 뒤 슬금슬금 그 덩어리에게 다가가 천천히 둘레를 돌았다. 그러다 마침내 아래쪽, 있어야 할 곳이 아닌 곳에서 사람의 얼굴을 발견하고는 충격의 비명을 지르며 동인도회사의 부두로 비행하듯 달려갔다.

나는 지금 순찰 구역 중 '상업적 구역'을 지나고 있고, 근처에 스테프니 역이 있을 거라는 생각을 하며 발걸음을 재촉했다. 그 지점에서 옆길로 빠지면 내 '동쪽의 작은 별'이 얼마나 반짝이고 있는지 볼 수 있었다.

내가 그 같은 별명을 붙여준 어린이 병원은 요즘 잘 돌아가고 있다. 비어 있는 침대가 없을 지경이다. 귀여운 아기가 누워 있던 침대에는 새로운 얼굴이 보인다. 그 사랑스러웠던 아기는 지금 영원한 안식을 취하고 있다. 지난번 내가 방문한 후로 사람들이 얼마나 열화 같은 성원을 보내주었는지, 병실 벽마다 온통 인형들로 빼곡하게 장식되어 있어서 보기만 해도 흐뭇하다. 화려한 드레스를 뽐내며 침대 위로 팔을 뻗은 채 앞을 응시하는 인형들을 보며 푸들은 어떤 생각을 할까 궁금하다. 하긴 푸들은 환자에게 더 관심이 많다. 나는 녀석이 마치 외과 의사라도 되는 듯 다른 개의 보좌를 받으며 병동을 순회하는 모습을 보았다. 친구인 듯한 그 개는 붕대 감는 조수처럼 푸들의 옆을 졸졸 따라다녔다. 푸들은 어느 예쁜 소녀가 많이 건강해졌다고 보고하는 듯한 표정으로 나를 바라보았다. 무릎에 악성종양이 생겨 다리를 절단한 소녀였다. 푸들은 침대보 위에서 꼬리를 흔들며 어려운 수술이었다고 귀띔해주었다. 하지만 보시다시피 수술이 완벽하게 잘됐어요, 선생님! 어린 환자는 푸들을 쓰다듬어주며 미소 띤 얼굴로 "다리 때문에 너무 힘들었기 때문에 지금은 없어진 게 기뻐요."라고 말했다. 또 다른 소녀가 심하게 부은 혀를 보여주려고 입을 벌리자 푸들은 여느 개들에게서 본 적이 없는 아주 수준 높은 행동을 했다. 마침 탁자에 올라가 있었는데, (나름대로 동정을 표하며) 아주 진지한 표정으로 뭘 아는 듯 환자의 혀를 살펴보는 것이다. 나는 조끼 주머니에 든, 종이에 싼 1기니를 꺼내 개에게 주고 싶었다.

다시 순찰을 돌다, 내 여정이 끝나는 라임하우스가 가까워졌을 때 근처에 특정한 '납 공장'이 있음을 알았다. 기억에도 생생한 그 이름에 놀라서 알아보니, 내가 비상업적인 여행자로서 이스트 런던의 아동병원과 그 근처를 처음 방문했을 때 언급한 적이 있는 바로 그 납 공장이었다. 그래서 이왕 온 김에 공장을 살펴보기로 마음먹었다.

형제이자 동업자인 두 명의 아주 올차 보이는 신사와 마침 공장에 나와 있던 형제의 아버지는 나를 환영하며, 전혀 거리낌 없이 공장을 보여주겠다고 했다. 나는 그들의 제안을 받아들여 납 공장을 시찰하기로 했다. 납덩어리를 백연으로 변환하는 게 이곳 공정의 목표다. 납 자체에 서서히 연속적으로 화학 변화를 일으킴으로써 이런 변환이 일어난다. 그 과정은 그림처럼 생생하고 흥미진진하다 ─그중에서도 납을 묻어두는 과정이 특히 그러한데, 우선 각각의 단지에 특정한 양의 산을 넣고 그 단지마다 납을 넣는다. 그렇게 준비된 수많은 단지는 무두질용 참나무 껍질로 덮어 층층이 쌓아 십 주간 둔다.

사다리를 타고 올라 널빤지를 건너간 뒤 내가 새인지 벽돌공인지 헷갈릴 만큼 높은 횃대에 올라가자, 그때서야 내가 아래쪽에 줄줄이 이어지는 커다란 다락방들 중 한 곳이 내려다보이고, 머리 위 기와지붕 틈새로 바깥이 보이는 특별할 것도 없는 곳에 서 있음을 깨달았다. 많은 여자들이 연기 나는 나무껍질 아래 납과 산이 든 단지를 두려고 저마다 단지를 들고 이 고미다락을 오르내리고 있었다. 한 층에 단지들이 완전히 채워지면 조심스럽게 널빤지로 뚜껑을 덮고, 다시 조심스럽게 다시 나무껍질로 덮고 나면 그 위에 같은 방식으로 다른 단지들을 한 층 더 올려놓는다. 나무로 만든 관을 통해 환기는 충분히 이루어지고 있었다. 단지로 가득 찬 다락으로 내려가자 나무껍질의 열기가 놀랄 정도로 뜨거웠다. 게다가 비록 그 단계에서는 유해하지 않다고 알려져 있지만 납과 산의 냄새도 그다지 유쾌하진 않았다. 다른 다락에서는 단지를 들어내고 있는 중이었는데, 김 나는 나무껍질의 열기가 한층 심했고 특이한 냄새가 코를 찔렀다. 단계별로 구분이 되는 다락방은 완전히 차거나 비어 있거나 반쯤 차 있거나 반쯤 비어 있었다. 체격이 좋고 활기찬 여자들이 주위에서 부지런히 기어 다니고 있었다. 나는 이 광경을 보며 술탄이나 파샤가 들이닥친다는 연락을 받고 충성스러운 아내들이 돈을 감추기 바쁜, 엄청나게 부유한 터키 노인의 저택 다락방을 보는 기분이 들었다.

펄프나 안료의 경우와 마찬가지로 백연을 만들 때도 젓고, 분리하고, 세척하고, 빨아서 가루를 내고, 롤링하고, 압착시키는 과정이 연속적으로 나온다. 이 공정 중에 일부는 물을 것도 없이 건강에 해롭다. 납 입자를 흡입하거나 납과 접촉할 때, 혹은 두 과정 모두가 위험할 수 있다. 나는 이런 위험을 예방하기 위해 좋은 방독면(값싸게 새것으로 교체할 수 있도록 단순히 플란넬과 모슬린으로 만들었으며, 좋은 비누로 빨아 쓸 수도 있다)과 목 넓고 튼튼한 장갑, 헐렁한 작업복이 제공된다는 사실을 알게 되었다. 그뿐만 아니라 창문을 적절히 내고 늘 열어놓아 신선한 공기가 들어오게 해놓았다. 또 공정 중에 가장 위험한 작업을 하는 부녀자들은 교대를 자주 한다고 설명했다(그 작업의 부작용을 경험하고 이해한 데서 취한 예방법이었다). 입과 코를 천으로 막고 헐렁한 작업복을 입은 모습이 신기하고 특이했지만, 그런 변장 때문에 터키의 부자 노인과 첩들에 대한 비유가 더욱 적절해 보였다.

단지에 넣었다 꺼낸 뒤 가열했다 식혀서 휘젓고 분리하여 물에 세척하고 갈고 굴린 다음 압착한, 이 까다롭기 짝이 없는 백연은 마침내 뜨거운 불길을 온몸으로 받아내게 된다. 위에서 설명한 복장을 갖춘 여자들이 일렬로, 이를테면 돌로 된 커다란 빵 굽는 방에 서서 요리사가 건네준 빵틀을 손에서 손으로 전달해 화덕에 넣는다. 아직 차가운 오븐 혹은 화덕은 일반 가정에 있는 것처럼 높아 보였고, 임시 발판 위에는 활기차게 접시를 전달받아 위로 올린 다음 안전하게 넣는 과정을 되풀이하는 남녀들로 가득했다. 식히거나 비워지고 있는 다른 오븐 혹은 화덕의 문은 비상업적인 방문객이 들여다볼 수 있게 활짝 열려 있었다. 하지만 이 비상업적인 방문자는 꺼져가는 열기와 지독한 냄새에 질식할 것 같은 데다 아직 돌아보아야 할 곳들이 있기에 얼른 그곳에서 철수했다. 전체 공정 중에서 아마도 화덕 뚜껑을 열고서 바로 해야 하는 작업이 가장 힘들지 않을까 싶다.

하지만 나는 이 납 공장의 주인들이 작업의 위험도를 최대한 낮추기 위해 정직하고 세심하게 노력하고 있음을 의심하지 않는다고 명백히 밝혔다.

여성들에게는 세척실이 제공되고(내 생각에는 수건이 좀 더 있어야 할 것 같았다), 옷을 걸어두거나 식사를 하는 방도 마련되어 있었다. 게다가 화력이 좋은 난로도 있고, 하녀가 있어서 그들을 도와주며 음식에 손대기 전에 손 씻기를 잊는 사람들이 없는지 감시도 한다. 노련한 의료 종사자도 있어서 납 중독 의심 증상이 있으면 세심하게 보살펴준다. 내가 그 휴게실을 방문했을 때 마침 저녁 식사를 위해 찻주전자 따위가 식탁에 차려지고 있었는데,

집처럼 아늑한 분위기였다. 그들은 남자보다 작업량이 훨씬 많았다. 그들 중에 몇 명은 수 년째 이 일을 해오고 있으며, 내가 목격한 대다수는 힘도 좋고 활기 넘쳤다. 다만 꾸준히 일을 하지 않고 출근이 매우 불규칙하다는 점을 명심해야 한다.

발명에 능한 미국인들은 이미 오래 전에 순전히 기계로 백연을 만들 수 있음을 암시했다. 빠를수록 좋을 것이다. 아무튼 나는 허심탄회한 납 공장의 두 소유주와 헤어지면서 그곳에는 감춰야 할 것도 없고 비난 받을 점도 없다고 말해주었다. 다른 납 공장에 대해서는, 지난번 기사에서 인용한 아일랜드 여성 이민자의 말로 납 중독과 노동자 문제에 관한 내 의견을 요약할 수 있을 것 같다. "어떤 사람은 쉽게 중독되고, 어떤 사람은 조금 늦게 중독이 되지만 결국 대부분 중독이 되고 말죠. 모든 게 체질에 달려 있죠. 어떤 체질은 건강하고, 어떤 체질은 약하죠."

순찰하느라 왔던 길을 되돌아가며 나의 임무도 끝났다.

마권판매소

6월 14일 일요일자 한 스포츠신문에는 경마장에서 펼쳐질 모든 '이벤트'와 관련해 예언자들이 — 1파운드 1실링부터 2파운드 6펜스까지 선택할 수 있는 — 엄청난 정보를 제공해준다는 광고 스물두 건이 실렸다. 예언자들은 저마다 걸출하지만 알려지지 않은 말(물론 배신하는 말도 있지만, 남들은 상관할 필요가 없는 일이다)과 소통하는 놀라운 능력을 바탕으로 타의 추종도, 도전도 불허하는 '일급정보'를 알려주겠다고 유혹한다. 또 저마다 자기들 덕택에 안목 높은 고객과 서신 상담을 받는 회원들은 언제나 우승을 한다고 장담한다. 그뿐인가, 제발 타인에게 의지하거나 비밀을 털어놓지 않도록 경계하라고 한다. 어쩌면 하나같이 이처럼 박애주의자일까. 어떤 현자는 "자신의 노련한 눈으로 생존을 위해 분투하는 인간 사회를 더 넓게 살펴보면 느긋하게 오래 인내하는 사람도 있지만, 대다수는 구름을 잡으려고 얼이 빠져서 서두른다. 그럴 때면 등불을 높이 쳐들어 모두에게 골고루 빛을 비춰주고 싶은 열망이 솟는다."고 말한다. 그는 또 "아무 짝에도 쓸모없는 쓰레기 같은 것에 돈을 탕진하는 사람들을 보지 않는 날이 단 하루도 없어서" 괴롭다고 토로한다. 그런가 하면 "승리의 예언자가 다시 왔도다!"라고 선언하며 창공의 시시한 별들 사이로 재등장을 알리는 예언자도 있다. 자신의 '찍기' 안목과 '비밀 정보'를 위대한 기독교 계율인 '신약'과 함께 들먹이는 도덕주의자도 있다. 또 어떤 예언자는 최근 사소한 실수로 "우리에게 재앙을 안겨주었던 일"을 고백하면서도, 변명은 불필요하다고 생각하는 것 같다(변명을 하기는 했다). 왜냐하면 최근 아주 조심스럽게 숨겨진 경마의 비밀을 알아내는 능력이 있음을 전례 없이 증명해낸 터라, 한 번 실수는 기꺼이 용서받을 기세이니 말이다. 어쨌든 예언자들은 저마다 인류를 계몽하고 황금기를 불러오기 위해 안장에 올라탄 채, 말에게서 영감을 받자마자 따끈따끈한 내용을 받아 적어 신속하게 알려주고 있다.

이 업종이 번창하는 것은, 사방에 정보를 알아내려고 두리번거리는 인간 당나귀들이 증가하고 있다는 우울한 지표다. 더구나 그들의 엄청나게 많은 제자들 중 민첩한 젊은 신사들이 발견되기 시작했다는 점에 주목할 필요가 있다. 그들은 어떻게 해도 셰익스피어라든지 여느 감상적인 허튼 소리에 속아 넘어가서는 안 된다는 것을 뼈저리게 절감하고 있다. 가장 예리하게 지성을 추구하는 부류가 예언자들의 베팅 장부를 위한 먹잇감이 되고 있다는 사실은 우리가 상상할 수 있는 가장 어처구니없는 상황이다. 그러나 한편으로 정당하고 유쾌한 분배 효과도 있다는 사실을 감안해서, 예언자들이 이쯤에서 잘못을 그만둔다면, 우리 내면에서 그들에 대한 반감 말고 다른 감정도 생겨날지 모른다.

하지만 그들의 잘못된 행위에는 문제가 많으며, 문제는 이 정도로 끝나지 않는다. '찍기'와 '비밀정보'가 지나치게 난무하면, 틀림없이 자신의 주인을 행운의 언저리에라도 가게 해주는 하인도 생길 것이다. 그렇게 되면 푸줏간 종자나 허드렛일을 하는 하녀들은 자신이 무엇을 해야 할지 눈치 채고 남보다 빨리 더 저렴한 비용으로 '찍기'와 '비밀정보'를 확보하여 주인이 내기에 이기게 해야 하는 의무에 시달릴 것이 뻔하다. 또한 상류층 경마인은 '승리의 예언자'로부터 부적을 구입할 때 그만의 비밀 공간까지 제공받아야 할 것이다. 출전하는 말과 최근 배당률의 리스트를 구비한 예언자가 모든 것을 꿰뚫은 듯 눈을 찡긋해 보이는 행복한 짐승에게, 그는 자신의 돈(혹은 다른 누군가의 돈)을 걸 것이다. 급속도로! 거리마다 마권판매소가 우후죽순처럼 생겨나고 있다! 중개인 사무실을 차리는 데엔 파리가 쉬를 슨 낡은 경주마 컬러 화보와 원장(元帳)처럼 생긴 2절판 공책만 있으면 되기 때문이다. 여느 마권판매소 창문마다 붙어 있는 그런 화보 두 장에, 여느 상점 계산대에나 있는 공책 한 권만 있으면 마권 판매에 은행 업무까지 완벽하게 취급할 수 있게 되는 것이다.

마권판매소는 담배 가게가 갑자기 둔갑한 것일 수도 있고, 그저 마권판매소일 수도 있다. '찍기'와 '비밀정보'를 가지고 투자하기 위해 합법적인 판매대를 없앤 뒤 한쪽 구석에 공인된 칸막이를 세우고 책상만 갖다 놓으면 저렴한 비용으로 마권판매소를 차릴 수 있다. 이때 마호가니에 니스 칠한 사무 집기를 놓으면 한층 고급스러워 보일 것이다. 궁상이라면 고단수에 속하는 판매소 주인이, 그를 숭배하는 고객과 싸구려 진을 마시는 모습이 작은 칸막이를 통해 — 템플 기사단의 비밀 의식이 치러지는 그곳에서 그는 거래를 트기 전에 열성적 추종자를 찬찬히 살핀다 — 우연히 포착되기도 한다. 혹은 가게 주인이 시청 공무원 행색의 점잖고 잘난 체하는 신사일 수도 있는데, 아마 안경을 걸치고 규정된 장부에 기장을 하고 있을 것이다. 판매소마다 달라서 1실링짜리 내기에 굽실거리기도 하고, 크라운[1] 이하의 모험은 거부하기도 하며, 5실링, 7실링 6펜스, 반 소버린[2] 혹은 심지어 1파운드(그러나 이 경우는 실제로 매우 드물다)로 내기와 잘난 체하는 과시의 경계를 긋기도 한다. 그들의 자잘한 거래는 조잡하게 인쇄된 서식에 따라 만든 흐늘거리고 허름한(더 나쁜 경우 빼곡하게 채워져 있는) 마분지에 기록된다. 아니면 '아리스토크래틱 클럽[3] 출납원에게'라고 적고, 풋내기가 포르나투스 컵에서 우승할 경우 2파

---

1 crown, 5실링짜리 금화.
2 sovereign, 1파운드짜리 금화.
3 Aristocratic Club, 영국 상류층 남성들의 사교클럽 중 하나.

운드 15실링을 경주 다음 날 지급한다고 명시한 연한 색깔의 카드일 수도 있다. 그러나 마권판매소가 어떤 곳이든, 어딘가에 있기만 하면—그리고 사람들이 쉽게 들락날락할 수 있는 어디에나 있다—성급한 영국 젊은이들은 지성을 줄곧 깨어 있게 만드는 은어로 정보를 주고받고 눈으로는 경계를 게을리 하지 않으면서, 못 말리는 순진한 아이들처럼 마권판매소 안으로 걸어 들어와 돈을 내밀 것이다.

이 패가 이길 거라는 생각에 마지막까지 기뻐하고,
틀림없이 잘됐다며 손을 훑는다.

우리는 〈일상적인 말들〉[4]이 특별히 이런 시설들에 둘러싸여 있다고 주장할 수 없다. 마권판매소가 런던 시내는 물론이고 교외에까지 퍼져 있기 때문이다. 그러나 주변에 마권판매소가 얼마나 많이 생겨났는지 그곳에 대해 뭔가 알아보려고 멀리 갈 필요가 없다. 언젠가 내가 자주 지나다니는 드루어리 레인 극장 근처 불결한 큰 도로를 지나다 '유쾌한 씨'의 찬조하에 새로운 마권판매소가 갑자기 하나 더 문을 열었음을 알게 되었다.

유쾌한 씨의 조그만 마권판매소는 시설도 제대로 갖추지 않은

---

4 〈Household words〉. 당시 디킨스가 편집을 맡고 글을 발표하던 주간지. 자세한 설명은 해설 184쪽 참고.

데다 안전하고 수익이 나는 투자를 위한 요건을 맞추는 데만 급급한 모습이 〈로미오와 줄리엣〉에 나오는 약제상과 너무나 비슷해서 특히 눈길을 끌었다. 그 시설은 역시나 애스컷 경마 대회[5]가 열리기 직전에 문을 열었다. 우리는 유쾌한 씨가 경기 당일까지 최대한 돈을 끌어 모은 다음 — 이런 저속한 표현을 써도 될지 모르지만 — 먹튀하려는 기발한 방법을 궁리하고 있을 거라고 의심했다. 겉으로 볼 때는 전혀 유망해 보이지 않았지만, 투자도 유쾌한 씨 자신이 하는 게 분명했다. 심지어 우리가 길 건너편에서 판매소를 주시하고 있는 동안에도(바로 그날 아침 문을 연 것 같았다) 신문배달 소년 두 명과 풋내기 제빵사, 사무원, 젊은 푸주한이 그 안으로 들어가 유쾌한 씨와 은밀히 거래하는 모습이 보였다.

우리는 유쾌한 씨에게 내기 돈을 걸고 어떻게 되는지 보기로 했다. 그래서 길을 건너 유쾌한 씨의 마권판매소로 갔고, 우리가 그 안에 걸린 리스트를 훑끔거리는 동안 어느 상류층 경마인(파란 가방을 든 소년)도 유쾌한 씨에게 돈을 내밀었다. 이윽고 우리는 유쾌한 씨에게 웨스턴 핸디캡 경마대회에 출전하는 토파나라는 말에게 반 크라운을 걸고 싶다고 했다. 이런 식으로 접근한 이유는 우리가 내기하려는 마음이 있을 뿐만 아니라 토파나와 웨스턴 핸디캡 모두에 대해 잘 아는 듯한 인상을 주기 위해서

---

5 매년 6월 나흘간 개최되는 경마 대회. 영국 상류층의 주요 사교장이자 패션과 유행의 전시장이다.

애스컷 경마의 천태만상
〈일러스트레이티드 런던 뉴스〉 1880년 6월 12일자 일러스트.
오른쪽 아래에 노련한 마권 판매인과 어리숙한 고객이 보인다.

였다. 그러나 부끄러운 비밀을 털어놓자면, 우리는 토파나가 경
주마이고 웨스턴 핸디캡은 경마 대회라는 것 외에 그 이름들과
관련해서 별로 아는 것이 없었으며, 내기할 마음은 그때도 없었
고 지금도 마찬가지다. 하지만 근엄하고 질문을 하지 않는 직업
상의 버릇대로 그는 우리의 돈을 받아 액수를 장부에 기입한 다
음 난간 있는 책상 너머로 지저분한 마분지 한 장을 건네주었다.
거기에는 토파나가 우승할 경우 우리가 7실링 6펜스를 요구할 수

있다고 — 경주가 끝나고 다음 날인데, 특히 그 점을 유의해야 했다 — 적혀 있었다. 그때 어떤 악마가 우리에게 계속해서, 유쾌한 씨의 현금 상자에 은화가 얼마나 들어 있는지 알아낼 기회가 왔다고 속삭였다. 우리는 1소버린을 내밀었다. 칸막이 뒤편에서 유쾌한 씨의 머리가 즉시 아래로 내려가더니 보이지 않는 서랍을 뒤적이기 시작했다. 잠시 후, 그날 아침 사람들이 금화를 내고 잔돈을 거슬러가는 바람에 은화가 다 떨어졌다고 말하는 유쾌한 씨의 숨죽인 목소리가 들려왔다. 그러고는 눈 깜짝할 사이에 지금껏 인간의 눈에 목격된 중 가장 민첩하고 비쩍 마른 듯한 소년을 부르더니 잔돈을 바꿔오라고 심부름을 보냈다. 우리는 얼른 유쾌한 씨에게, 반 소버린이라도 있으면(그에게는 금화가 많을 테니) 우리가 내기 돈을 늘려서 그의 수고를 덜어주겠다고 제안했다. 하지만 유쾌한 씨는 어느새 칸막이 뒤로 돌아가 꼬마가 벌써 돈을 바꾸러 간 데다 — 꼬마를 믿어라, 말하자마자 갔으니 금방 돌아올 것이다 — 전혀 수고스럽지 않다고 대답했다. 우리는 하는 수 없이 유쾌한 씨, 그리고 거리를 뚫어져라 노려보고 있는 정체불명의 여인 — 아무래도 유쾌한 씨의 아내인 듯했다 — 과 함께 소년을 기다렸다. 이윽고 소년이 돌아왔는데, 우리가 잔돈을 거슬러 받는 동안 소년이 마치 희생자를 보며 통쾌해 하는 것처럼 한 번인가 콧잔등을 살짝 찡그리는 것을 본 것 같다. 하지만 살아 있는 게 기적이라고 할 만큼 워낙 마른 녀석이라 정확히 식별하는 것은 불가능했다.

경주 다음 날이 되자 우리는 증서를 가지고 유쾌한 씨의 마권 판매소로 갔다. 그리고는 들어서자마자 엄청난 혼란이 벌어졌음을 깨달았다. 그곳은 하나같이 지저분하고 땟국이 흐르는 방탕한 소년들로 빼곡했는데, 모두 유쾌한 씨를 찾아 아우성치고 있었다. 책상에는 유쾌한 씨 대신 '기적의' 소년이 앉아 있었다. 소년은 누구의 도움도 받지 않고 혼자서 모두를 상대하고 있었지만 전혀 불안해 보이지 않았다. 소년의 말에 의하면 유쾌한 씨는 아침 열 시에 '아주 곤란한 일'이 생겨서 외출을 했고 밤늦게나 돌아올 거라고 했다. 유쾌한 씨 부인도 건강 때문에 도시를 떠났는데 겨울이 지나야 돌아올 거라고 했다. "그럼 내일은 오겠지?" 군중이 소리쳐 물었다. "내일도 여기에 없을 거예요." 기적의 소년이 대답했다. "일요일이니까요. 그는 언제나 교회에 가거든요. 일요일에." 이 말에 내기에 진 사람들도 웃음을 터뜨렸다. "그럼 월요일에는 오냐?" 젊은 농부가 절박하게 물었다. "월요일이요?" 기적의 소년이 되물었다. "아니. 아마 월요일에도 없을 거예요. 월요일에는 장시를 하러 가거든요." 그 말에 몇몇 소년이 '장시'가 아니라 '장사'라고 해야 한다며 기적의 소년을 비웃었지만 그는 조금도 동요하지 않았다. 사람들은 가게 안을 휩쓸고 다녔다. 누구는 웃고, 누구는 욕설을 내뱉고, 어떤 심부름꾼 아이는 유쾌한 씨가 유일하게 남기고 간 장부를 찾아내어 "기절할 정도로 좋은 물건"이라고 선언했다. 우리는 실례를 무릅쓰고 그것을 훑어보았다. 그리고 유쾌한 씨가 17파운드를 모아서, 자신이

손해난 돈을 갚고도 11에서 12파운드의 이익을 남겼다는 사실을 알게 되었다. 유쾌한 씨가 오랫동안 장사를 하느라 영영 돌아오지 못했다는 말을 덧붙일 필요는 없을 것이다.

우리가 마지막으로 그 마권판매소(위에는 이제 '부츠와 신발 공장'이라고 새겨져 있었다) 앞을 어슬렁거리며 지나갔을 때는 땅거미가 지고 있었는데, 뉴인(New Inn) 선술집에 묵고 있는 젊은 신사가 빠끔히 연 문짝을 잡고 선 흐릿하고 칙칙해 보이는 남자에게 유쾌한 씨에 대해 꼬치꼬치 묻고 있었다. 그 남자는 어느 누구에 대해서도 아는 바가 없었지만, 유쾌한 씨에 대해서는 (그게 가능하다면) 그보다 더 몰랐다. 그때 문 아래쪽의 도어벨 손잡이가, 최대한 작동시킨 오르간의 스톱 장치처럼 한껏 밖으로 당겨져 있는 모습이 보였다. 그렇듯 유쾌한 씨를 미친 듯이 불러댔던 불쌍한 얼간이가 부디 그 정도의 수고에 만족을 느끼기를 마음으로 빌었다. 아마도 그의 돈에 대해서는 그 외에 다른 보답은 얻지 못할 것이다.

하지만 보통 사람들은 유쾌한 씨 같은 작자의 먹이가 되어서는 안 된다. 오, 절대로 안 된다! 같은 마권판매소를 운영한다 해도 우리에게는 그자보다 훨씬 나은 이웃이 있다. 그런 폐해를 틀림없이 바로잡기 위해 우리가 만든 것이 '노동자 연합의 도덕적 베팅 클럽'이다. 노동자들을 위한 이 단체의 설립 취지서(원본에는 경마 광경을 묘사한 목판화가 찍혀 있다)를 한 글자도 바꾸지 않고 여기 싣는다.

노동자 연합의 도덕적 베팅 클럽 기획자들은 이미 포화 상태인 런던의 마권판매소에 하나를 더 보태게 됨을 천명한다. 본 베팅 클럽은 정직하게 운영되고 있는 기존의 베팅 클럽들과 경쟁하려는 것이 아니라, 공정한 경쟁 정신을 바탕으로 일반인들이 지금까지보다 더욱 안전하게 돈을 투할 수 있게 보장함으로써 대중의 지지를 받기 위해 설립되었다.

노동자 연합의 도덕적 베팅 클럽은 실제 명칭에 내포된 의미 그대로 같은 업종에 종사하는 노동자들의 연합체가, 경마 인구 중에 얼마 차지하지 않음에도 신분이나 재산 정도가 비슷하게 부족한 이들에게 시시각각 도둑질 당하는 광경을 목격하고는 동료 노동자들 간에 클럽을 결성하여 몇 실링씩의 소액투자자라도 공정하고 정직한 거래에 대한 확신을 갖고 투자할 수 있는 환경을 마련하면 대중의 지지도 받을 수 있을 거라는 결론에 도달하게 되었다.

이 시설의 운영자들은, 도박장에 관한 반감(그런 반감은 명예로운 방법으로 대중의 신뢰를 얻으려고 애쓰는 사람들에게 편견으로 작용한다)이 여러 가지 특정한 상황에서 비롯된다고 판단하고 있다. 이를테면 많은 도박장들이 막대한 비용을 들여 현란하고 호화스럽고 웅장하게 치장하는데, 만약 그 비용을 갚아야 한다면 합법적으로 운영해서는 수익을 내기가 어렵다. 반대로 궁핍에 찌든 모습의 마권판매소는, 주인이 고의적으로 판돈을 거둬들이기만 하고 한 푼도 돌려주지 않고서 문을 닫아버리려는 의도가 분명하다.

이렇듯 외양에 있어 극단적인 곳들을 피하고, 일정한 한도가 넘는 투기로 유도되는 것은 단호하게 피하라. 그랬다가는 심지어 '경주가 끝나고 다음 날 지불'도 받지 못할 가능성이 있다.

클럽의 운영은, 대중의 신임을 얻겠다는 우리의 의도를 강력하게 보증하기 위해 운영진 간에 합의하여 중심 지역에 위치하며 존경 받고 저명한 노동자의 집에서 이루어지게 할 것이다.

시장의 배당률은 모든 대회마다 제시될 것이며, 마권은 투자한 액수에 맞추되 반드시 책임자가 서명을 하여 발행해야 한다.

…(후략)…

이후로 노동자들은 안전하게 마음에 드는 말에 돈을 걸게 되었다. 그리고 그들의 가족은 낡은 난롯가에서 듣는 옛날이야기의 등장인물들처럼 틀림없이 오래오래 행복하게 살 것이다!

현재 최고 수위까지 상승한 이런 해악이 사회적으로 매우 심각한 상황들과 관련되어 있음은 물으나 마나이다. 하지만 우리가 수용하지 않는 의견들까지 존중한다면, 이런 경우 무조건 법이 개입해야 한다고 외치는 것은 잘못이라고 생각한다. 우선 지금까지 사람들의 오락거리에는 언제나 관심이 별로 없었던 입법부가 억압적인 조치만 취하는 것은 현명하지 않다고 본다. 만약 그동안 정반대의 모습을 보여주었던 것만큼이나 대중의 오락거리를 배려하고 진심으로 그것을 선도하며 확장하려고 노력해온 입법부였다면 양상은 달라졌을 것이다. 설령 그렇다고 해도 견해가 다르지 않다면 실질적인 조치를 바꾸려는 술책이 아닌지 깊이 의심해야 한다. 둘째, 사람들 가운데 무엇이 옳고 무엇이 그르며 무엇이 참이고 무엇이 거짓인지에 대해 자신의 견해를 말하는 존경할 만한 의원, 존경할 만하고 올바른 의원, 존경할 만하고 유식한 의원을 포함시켜, 그들의 위치에서 ― 대중 사이에 ― 무엇이 옳고 무엇이 그르며 무엇이 참이고 무엇이 거짓인지 장황하게 늘어놓게 하면 대중의 의식을 교화시킬 수도 있겠지만, 문제는 우리가 이런 문제에 관한 현 의회의 기준과 균형감각을 존중하지 않을 정도로 너무 대담하다는 점이다. 게다가 우리는 의회가 고지식할 정도로 공정하지 않으면 그 자체에 상당히 도덕적인 권한을 부여할 수 없다고 생각한다. 과거 꽤 오랫동안 의협심 강한 대중의 예언자들이 사방팔방에서 '찍기'와 '비밀정보'를 광고하며 모두에게 행운을 안겨줄 만한 말을 귀띔해준 사실은 온 나라가 알고 있다! 아무리 정치적 견해가 다르더라도, 우리는 경마신문에 광고한 그 예언자처럼 "노련한 눈으로" "생존을 위해 분투하는 인간 사회를 더 넓게" 바라보며 더 많은 사람들에게 "등불을 높이 쳐들어 골고루 빛을 비춰주고 싶은 열망"에 사로잡혀 그 불빛으로 검은 말이 우승마라는 사실을 진지하게 알려준 이가 한두 명이 아니라는 사실은 잘 알고 있다. 물론 우리가 그의 '뽑기'와 '비밀정보'를 돈 주고 구입해주기 전까지만이었다. 그 후로 그는 갑자기 그 말이 흰 말일 수도 있고, 갈색 말일 수도 있고 회색 말일지도 모른다고 생각하기 시작했다. 물론 우리는 아무리 인정하기 싫어도 그런 행태가 정치적인 정직성을 더럽히고 어지럽혀왔다는 사실을 분명히 알고 있다. 우리 앞에 놓인 선거와 이 나라의 정부 전체야말로 거대하고 무모한 도박장이며, 그 안에서 예언자들은 지지자들을 손에 쥐고 마음껏 주무른 뒤 자신의 예언에 대한 복채를 챙겨왔다. 또한 지금도 그 안에서 여기저기 노련한 시선을 던지며 승률을 높이기 위해 마구잡이로 아무것에나 내기 돈을 걸고 있다.

안 된다. 만약 입법부가 이 문제에 손을 댄다면 의심할 여지없이 도덕적으로 증명을 하려 들 것이다. 그러나 기대되는 교화적 광경은 벌어지지 않을 것이다. 부모와 고용주들이 나서서 더 많은 역할을 해야 한다. 누구나 자기 아랫사람들의 습관과 그들이 자주 드나드는 곳에 대해 잘 알아야 하며, 더구나 새로운 종류의 유혹거리가 등장했을 때는 더 잘 알아야 한다. 도제들은 고용계약서에 의거하여, 도박을 할 경우 벌을 받게 해야 한다. 상류층 도박꾼들 몇 명을 치안판사 앞에서 기소 받게 하고, 교도소에 가두어 뱃밥을 뽑고 어리석은 뱃속을 귀리 죽으로 채우게 하는 것도 세상에 도움이 될 것이다. 또한 엄중한 경고를 받은 후에도 다시 도박의 유혹에 빠지는 사환이나 전 등급의 하인들은 단호하게 해고해야 한다. 그들의 자리를 채울 근면하고 성실한 젊은이들은 얼마든지 있다. 경찰에게는 —수배자든 아니든—도박에 연루된 평판 나쁜 신사는 무슨 일이 있어도 간과하지 말라는 지시를 내려야 한다. 저명인사들 중에도 여러 명 발각될 거라고 우리는 믿는다. 막연히 신뢰하지 못할 치안판사에게 위임하기보다, 부모와 고용주들이 나서서 확고하게 철저하게 자신의 의무를 이행하는 것만으로도 충분한 예방책이 될 것이다. 통제가 안 되어 파멸을 자초하려고 어슬렁거리다가 발견되는 얼간이는 언제나 있기 마련이다. 하지만 시민 공동체에서 통제되는 영역이 더욱 확대되고 필요성이 커지면 더욱 효과적으로 실행이 될 것이다.

죽음을 거래하다

가장 이성적인 사람들이 판단하기에, 장례의식에 관한 영국인들의 행태가 분명 안타까울 지경에 이른 지도 여러 해가 지났다. 야만스러운 과시욕과 고비용의 관습이 무덤 위로 서서히 고개를 쳐든 것이 확인되고 있는데, 이는 인간의 가장 엄숙한 행사를 쓸데없이 거창하고 무의미한 의식과 부당한 빚, 과도한 낭비, 책임을 완전히 망각한 나쁜 사례와 결부 지어 인식하게 함으로써 고인을 추억할 때 불명예가 될 수 있고 유족에게는 엄청난 낭패를 안겨줄 수 있다. 어떤 문제를 자주 검토해도 깊이 들여다보지 않으면 그 문제 자체는 물론이고 그로 인한 결과가 (당연히) 더욱 무시무시한 모습으로 보인다. 우리 사회의 어느 계층도 예외가 아니다. 가장 품위 있는 장례식 ─그 품위라는 것은 장의사가 제멋대로 설치도록 내버려두는 섬뜩하기 짝이 없는 어리석음의 정도로

평가된다 — 을 치르기 위해 중산층에서 벌어지던 경쟁이 극빈층까지 내려갔다. 극빈층에게 장례식 비용은 재산을 탕진하고 분수에 넘칠 정도여서 그들은 장례식 비용을 갚기 위해 스스로 클럽까지 결성했다. 그런데 이런 클럽의 대다수가 악당들이 취약한 계층을 먹잇감으로 삼고 가난한 사람들을 아주 악랄하게 속이며 해를 끼치도록 설계되고 운영된다는 점이 문제다. 어떤 클럽은 악당들의 가장 사악한 본성에 새로운 종류의 유혹을 제공함으로써 새로운 종류의 상업적 살해를 초래하기도 하는데, 그 부당함이 얼마나 끔찍한지 말로는 심각성을 충분히 각인시킬 수 없을 정도다. 지금의 형국을 보면 이보다 더 전반적으로 타락하고 헛되며 거짓일 수 없으리라. 밝혀진 사실만 보아도, 장례식에 필요한 도구나 가구 한 점 없이 장례업자라는 명함만 가진 셀 수 없이 많은 하르피아이[1]들이 상주와 진짜 장례업자 사이에서 길고 긴 중개업자 명단을 만들어, 화재가 났을 때 물 양동이 돌리듯 이 업자에게서 저 업자에게로 올가미를 빌려주어 각자 '어둠의 작업'에서 자기 몫을 챙기게 한다. 이에 더하여 비좁은 도심 한가운데 무덤을 만드는 관행은 실제적이자 과학적으로 단순 명료하게 살아 있는 사람들에게 끔찍한 결과를 초래했고, 한계에 다른 매장지와 그 땅주인의 탐욕은 혐오감을 불러일으키며, 우리의 본

---

1 그리스 신화에 나오는 괴물. '약탈하는 여자'라는 뜻의 이름이 암시하는 바와 같이 그리스인들은 사람이나 물건이 갑자기 사라지면 하르피아이의 짓이라고 말했다. 영어에서 탐욕스런 인간, 특히 욕심 많은 여자를 일컫는 하피(harpy)는 여기에서 유래했다.

성에 어긋나고 우리의 시대와 국가에 수치스러울 정도로 외설적이고 충격적인 시스템을 노출시켜, 마침내 이 거대한 조롱은 그 정점에 다다랐다.

이런 터무니없는 퇴보의 증거는 여전히 쉽게 찾아볼 수 있지만, 그래도 우리는 그것으로부터 서서히 느리게나마 빠져나오고 있다. 진심으로 바라는데, 의회 보고서를 통해 이런 악습에 스스로 익숙해져온 중산층 사이에 낡고 해악한 폐습을 영속화시키는 '인간적인 배려' 따위에 흔들리지 않고, 사랑하는 가족에게 자신의 죽음을 동포의 몸과 마음을 오염시키는 도구로 만들지 말라고 엄숙히 경고하는 사람들이 많아지기를 바란다. 저명한 인물들 가운데 그런 예는 결코 적지 않다. 징집당해 국방의 의무를 다하기도 했던 서식스(Sussex) 공작[2]은, 누구나 죽음 앞에 평등한 만큼 윈저 궁 왕실 묘지에서의 국장 행렬도 하지 말고 켄잘 그린 묘지에 묻어달라고 했다. 로버트 필 경[3]은 드레이튼에 묻히기를 원했다. 또한 세상을 떠난 왕비[4]는 계급과 상관없이 모든 귀족에게 다음과 같은 감동적이고 숭고한 유언을 남겼다. "하나님의 보좌 앞에서는 누구나 같음을 알기에 나는 겸허하게 죽어갈 것이다. 따라서 나의 육신이 성대한 장례행렬이나 국장을 치르지 않고 무

---

2 어거스터스 프레드릭(Augustus Fredirick, 1771~1843), 조지 3세의 여섯째 아들로, 진보적 정치인이자 로열아카데미 교장.

3 Robert Peel(1788~1850), 보수당 국회의원. 총리를 역임했다.

4 작세마이닝겐의 아들레이드(1792~1849), 1837년 먼저 졸한 윌리엄 4세의 비.

덤으로 옮겨지기를 청한다. 윈저 궁의 세인트조지 성당으로 옮겨 되도록 조용하고 조촐한 장례식을 치러라. 특히 국장은 원하지 않는다. 나는 평화롭게 죽고 평화롭게 무덤으로 옮겨지기를 원한다. 이 세상의 화려하고 장엄한 의식 따위는 원하지 않는다. 내 몸에 칼을 대거나 방부 처리하는 것도 원하지 않으며 가능한 수고를 덜 끼치고 싶다."

사람들에게 아직도 이런 선조들의 기억이 선한데도, 우리의 사회 역사상 가장 중대한 과도기인 이때 국장이라는 케케묵은 구습이 고 웰링턴 공작의 '명예'를 기린다는 잘못된 명분으로 되살아나고 있다. 그에 대한 영광스러운 기억은 영국이 사라지지 않는 한 진정으로 지속될 것이다!

우리는 독자들에게, 이런 과거 회귀에는 어떤 명예도 없으며 있을 수도 없다는 점을 진지하게 말하고 싶다. 진정 위대한 사람일수록 의식 따위는 하찮게 여기는 법이며, 혹시 있다면 처음부터 끝까지 죽음을 이용해 돈벌이하는 타락한 관행을 부추기는 치명적인 사례일 뿐이다.

권력을 가졌든 가지지 않았든, 정치적인 견해에 상관없이 모두가 죽음을 이용해 거래를 해왔다는 사실을 모르는 사람은 없을 것이다. 죽음을 고이 보관하고, 죽음을 이리저리 만지작거리며 죽음을 최대한 이용한 다음 마지못해 떠나 보낸다. 이런 문제에 대해서는 더 이상 말하지 않겠다.

다만 마침 오랫동안 유예되고 있는 국장이 우리 사회 전반에 걸쳐 만연한 돈벌이 세태와, 그 안에 내재하는 공허함과 일관성 및 현실성 결핍을 깨우쳐주고 있는데, 〈더 타임스〉에서 그대로 옮긴 몇몇 광고 기사의 사례를 통해 알아보기로 한다.

　우선 자리와 다과에 관한 광고다. "피아노 이용"도 가능한 단체 관람객을 위한 멋진 2층은 건너 뛰고, 수요가 많아 지금 바로 주문이 필수인 "웰링턴 공작 장례식 와인"의 출고를 알리는 예의 바른 일일 공지문은 그냥 훑어보고, 솜씨 좋은 제빵사가 만들어 "맛이 기가 막히는 웰링턴 공작의 장례용 케이크", 솜씨가 정평이 난 재단사가 만든 "장례 기념 구멍 기구", 나아가 파운드당 1파운드 4펜스에 판매하는, 전 국민의 슬픔을 진정시켜줄 유일하고도 확실한 진정제라고 제빵사가 자신 있게 말하는 "그 유명한 레몬 비스킷"도 대충 훑어보고, 이 행사를 이용해 더 확실하게 돈 벌 기회를 잡았을 법한 광고 몇 가지를 살펴보기로 하자.

러드게이트 힐　위풍당당하고 엄숙한 장례행렬을 관람하는 데 필요한 장비와 시설이 완비되어 있음. 편안함과 안락함을 갖춘 넓고 또렷한 조망을 원하는 분은 당장이라도 남은 좌석을 둘러볼 수 있음.

밤샘용 침대가 구비된 방에서 장례식을　방 3개에 장례행렬을 조망할 수 있는 창문 2개를 갖춘 3층 임대. 가벼운 다과 포함 10기니, 침대에 아침식사가 제공되는 1인실은 15실링부터.

공작의 장례식 15명이 일급의 조망을 즐길 수 있으며, 청결한 침대와 대기실까지 합리적인 가격으로 모심.

쿠츠 은행에서 얼마 떨어져 있지 않은 스트랜드 가 최적지의 창문과 자리 임대 2층 창가는 개당 8파운드, 3층 창가는 각각 5파운드 10실링. 4층은 각각 3파운드 10실링, 두 장짜리 판유리로 된 상점 진열장은 각 7파운드.

웰링턴 공의 장례행렬을 조망할 수 있는 자리 어떤 장애물도 없는 탁 트인 시야를 자랑하며, 장례행렬을 관람하는 데 최적지라고 자부함. 영국 북부 올드 베일리에 위치. 세인트폴 성당부터 템플 바까지 한눈에 조망 가능.

고 웰링턴 공작의 장례식 창문 2개, 난로와 온갖 편의시설을 갖춘 3층 임대함. 단체 관람객에게도 적당한 조건. 앞자리는 각각 1기니. 피카딜리부터 폴몰까지 조망 가능.

웰링턴 공의 장례식 신사의 가족에게 어울리는 2, 3층의 방 또는 창문 임대함. 모든 편의시설과 숙식, 장엄한 장례행렬 중 최고의 장면을 관람할 수 있는 조망권을 제공. 널찍한 공간을 갖춘 1층은 1기니부터 모심. 구내에서 접수받음.

공작의 장례식　발코니와 스트랜드 가로 통하는 개별 출입문을 갖춘 2층의 방 2개를 저렴한 가격으로 임대함. 15명을 수용할 수 있는 더 큰 방도 있음. 작은 방은 8기니에 임대.

공작의 장례식　30명 정도 서서 관람할 수 있는 상점 진열장을 25기니에 임대. 커다란 창문 2개를 갖춘 2층에도 자리 있음. 템플 바에서 세인트폴까지 한눈에 조망 가능하며 가격은 35기니. 1기니에 조망할 수 있는 자리는 몇 개 남지 않음.

웰링턴 공의 장례행렬　전체 행렬 노선 중 최고 구간임에 틀림없는 채링크로스의 콕스퍼 가를 조망할 수 있는 잔여 좌석을 합리적인 가격으로 모심. 빠르게 소진되고 있으므로 조기 예약 필수. 지붕에도 몇 자리 있음. 모두 최고의 전망 보장.

고 웰링턴 공작의 장례식　스트랜드 가 최상 위치의 건물 3층을 10파운드에 임대. 창문 2개를 포함한 4층은 각각 7파운드 10실링, 상점 앞자리는 1기니에 모심.

공작의 장례식　전체 노선에서 가장 위치가 좋은 콕스퍼 가와 채링크로스에 위치한 건물의 남은 자리를 적당한 가격에 임대. 속속 신청이 들어오고 있으니 조기 예약 필수. 지붕 위에도 몇 자리 남아 있으며, 최고의 전망 보장.

고 웰링턴 공작의 장례식 스트랜드 가 최고 위치의 3층을 10파운드에 임대함. 창문이 두 개인 4층은 각각 7파운드 10실링, 상점의 앞자리는 1기니.

공작의 장례식 장례행렬 노선 중 최고의 광경을 조망할 수 있는 위치이며, 안전한 발코니와 대기실을 갖춘 2층을 점잖은 가족에 25기니로 임대, 20명까지 수용 가능하며 누구에게나 거칠 것 없는 탁 트인 시야를 제공. 수가 많지 않은 가족은 할인 가능. 숙박과 모든 편의시설 제공됨.

그러나 무엇보다 이런 광고도 잊지 말자.

성직자들에게 공지함 플리트 가의 T.C.가 중백의[5] 차림으로 방문하는 성직자에 한해 관람석 제공. 맨 앞 단의 네 좌석은 각각 1파운드. 둘째 계단의 네 좌석은 각각 15실링, 셋째 단의 네 좌석은 각각 12실링 6페니, 넷째 단의 네 좌석은 10실링, 다섯째 단의 네 좌석은 7실링 6페니, 여섯째 단의 네 자리는 각 5실링, 그 밖의 관람석은 각각 40실링, 20실링, 15실링, 10실링으로 모심.

---

5 surplice. 가톨릭 및 성공회 성직자가 예배를 집행할 때에 입는 무릎까지 내려오는 흰 예복.

플리트 가에서 웰링턴 공의 장례행렬을 구경하는 사람들
〈일러스트레이티드 런던 뉴스〉 1852년 11월 27일자 일러스트.

　자신의 상점 진열장에 스물여섯 명의 성직자를 여섯 줄로 조각상처럼 세우려고 하는 이 수완 좋은 장사꾼의 열망은 특히 가히 인정할 만하다. 우리에게는 엄숙함을 대단한 멋으로 승화시킨 것처럼 보인다.

　위의 사례는 존재하지도 않는 조망권에 대한 설명에다 동류의식으로 똘똘 뭉친 무리를 짓고 싶어 하고, "다과, 와인, 증류주, 식료품, 과일, 접시, 유리잔, 도자기" 그밖에 일일이 열거하기에도 너무 많은 잡다한 물건들을 쌓아두고, "난롯불까지 피우고" 싶어 하는 호탕한 신사들을 끌어 모으는 말들로 이루어진 수십 건의 광고에서 무작위로 뽑은 것이다.

우리는 그런 광고들을 훑어보다 일종의 전술을 가리키는, 대문자로 쓰인 "신이여, 밤이 오게 해주시던가 아니면 블뤼허[6]가 오게 하소서!"라는 글귀가 보일 때마다 깜짝깜짝 놀랐다가, 죽은 영웅이 그것을 보고 '특유의 태도'로 "잘했어. 아주 잘했어!"라고 말했다는 전설을 떠올리며 안도한다. 오, 이런 상술이라니! 그대들도 죽음을 가지고 흥정을 하는군!

그 다음, 국장 행렬에는 자필서명도 한자리 차지한다. 인장의 신성함이나 편지의 비밀 따위는 죽음을 사고파는 장사꾼들의 어휘에는 존재하지 않는 무의미한 글귀이다. 죽음의 행진곡에 맞춰 정지, 트럼펫 연주 시작, 우리의 자필서명이 얼마나 특별한지 세상에 알려라!

웰링턴의 자필서명 공작의 연속되는 편지 2통(1843), 매우 독특하고 답장 등이 첨부되어 있어서 진품임을 증명해줌. 문헌적으로 진귀본의 요건을 모두 갖추고 있음. 15파운드.

웰링턴의 자필서명 웰링턴 공의 자필서명이 들어간 편지 2통을 처분. 한 통은 발머 성에서 쓴 1834년 10월 9일자, 다른 한 통은 런던 모저에서 쓴 1843년 5월 17일자로, 소인과 인장이 찍혀 있음.

---

6 Gebhard Leverecht von Blüher(1742~1819), 워털루 전투 당시 프러시아군 사령관, 그가 알맞게 도착하여 웰링턴을 도운 것이 나폴레옹의 패배에 결정적 원인이 되었다.

웰링턴 각각 2장과 $\frac{1}{4}$쪽으로 이루어진 종이에 쓰인 원본 자필 서명 3장과 (석판화가 아닌) 인장과 봉투 판매. 지금까지 공개된 공의 서명 중에 가장 독특한 것으로 추정됨. 두 개의 가격은 최고 30파운드 이상, 확연히 차이 나는 한 개는 20파운드로 책정.

퇴역 장교가 영웅의 편지 5통과 메모 처분함, 그중 3통은 A. 웰슬리 경 시절의 것임. 대형 봉투 1개, 모두 인장이 찍혀 있음. 직접 신청하거나 우편 신청 가능.

웰링턴 공의 편지 매우 흥미로운 편지 2통 판매. 진본이며 재미있고 독특한 상황이 언급되어 있음.

웰링턴 공이 어떤 숙녀에게 보낸 자필서명 편지로 인장과 봉투가 있음. 공 특유의 문체가 살아 있으며, 최고가를 제시하는 분께 양도함. 실물을 확인하고 신청바람.

육군원수 웰링턴 공 고 웰링턴 공에게서 편지를 받은 이의 가족이 판매. 군사에 관한 내용의 자필서명이 든 편지로 6장 분량이며 보존 상태는 최상, 희망가격은 30파운드.

육군원수 웰링턴 공작의 자필서명 매우 독특한 공의 편지 처분. 1847년에 쓴 편지로 공이 백수를 누리겠다고 암시하는 내용,

봉투 있음. 형태가 완벽하게 남아 있는 봉인. 10파운드의 가격이면 수용할 수 있음.

웰링턴 공작 친필서명이 든 편지 공작부인이 세상을 뜬 직후인 1831년에 쓴 공의 자필서명 편지 판매. 그밖에 요금 납부 도장과 봉인이 남은 자필 편지봉투 2개도 판매.

웰링턴 공 자필서명이 든 사무 관련 편지, 봉투와 봉인, 날인 등등 완벽하게 보관되어 있음. 정중하고 매우 독특한 문체. 주소를 적은 장소에서 단체 관람하게 할 예정. 가격은 15파운드.

육군 원수 웰링턴 공 원수의 자필서명 편지 2통. 한 통은 그가 61세에, 다른 한 통은 72세에 쓴 것으로, 모두 특유의 생생한 문체로 중요한 현안을 논하여 사료적 가치가 뛰어남. 판매 예정. 그의 천재성이 여지없이 증명될 것임.

웰링턴 공 일부는 인쇄본, 나머지는 공이 어떤 숙녀에게 자필로 쓴 매우 흥미로운 서류. 박물관에 전시해도 될 만한 가치가 충분. 이만한 물건은 또 없을 거라고 장담함. 최고의 가격을 제시하는 분에게 판매.

봉투와 봉인까지 그대로 보존된 육군 원수 웰링턴 공의 자필서명 편지 6통 판매. 고난에 처한 어떤 여인을 돕기 위해 흔쾌히 보낸 편지임.

웰링턴 공 공이 올해 6월 18일에 쓴 자필 편지로 어떤 여인이 소장하고 있던 것을 기꺼이 처분. 공이 축하하지 못한 마지막 기념일에 쓴 편지라 가치가 더욱 높음. 편지의 날짜로 보건대 앱슬리 저택 시절에 쓰였으며 봉투와 봉인 상태가 완벽함.

어떤 목사가 소유한 편지 2통. 공작의 편지를 받은 목사의 주소가 적힌 봉투에 담겨 있으며, 공이 생전 비밀리에 행한 자선이 어느 정도인지 증명해주는 귀중한 증거로 18일까지 최고가(한 통이든 두 통이든)을 제시하는 사람에게 판매할 예정. 판매가는 더 만족스러운 조건이 제시되는지 여부에 따라 달라질 것임.

웰링턴 공 깊은 슬픔에 빠져 있는 미망인이 소장해온 웰링턴 각하의 1830년 자필 편지. 직접 받은 편지로 봉투에 담겼으며, 공의 화관 모양 인장이 찍혀 있음. 미망인은 소중히 간직해온 편지를 기꺼이 약소한 가격에 내놓음.

고 웰링턴 공작의 1850년 3월 27일 날짜 자필 메모를 20파운드에 판매. 공이 해당 주소의 신사에게 보낸 메모로 봉투와 화관 모양 인장이 완벽하게 보존되어 있으며, 나이트브릿지 소인이 선명하게 남아 있음. 전반적으로 보존상태 뛰어남. 그 어떤 편지도 이보다 공의 자필과 독특한 문체를 잘 보여줄 수는 없을 것임.

웰링턴 공 최후의 편지 처분. 그가 세상을 떠나기 하루 이틀 전 월머 성에서 쓴 편지로 인장과 소인이 뚜렷하게 찍혔으며 매우 독특함. 공의 마지막 자필 편지로 유물로서의 가치가 더욱 올라가야 한다고 사료됨. 최고가에 양도. 많은 신청 바람.

위대한 웰링턴 공   위대한 영웅의 1851년 3월 27일자 자필 편지 판매. 아울러 1852년 6월 20일자 제니 린드[7]의 아름다운 편지도 판매. 최고가에 낙찰 예정. 원하는 가격 제시 바람.

린드 양의 자필서명은 장례행렬이 지나가기 전에는 어둠 속에서 서성이다 때를 만나자 행렬 속으로 슬그머니 발을 들여놓더니, 이제는 버젓이 사람들 눈에 띄는 곳에 한자리 차지했다. 우리는 대체 무엇을 칭송해야 할지 모르겠다. 기발한 사업 수완일까, 아니면 남자다운 의무감으로 편지를 쓴 늙은 손이 무덤 속에 들어가서 미처 시들기도 전에 연민을 자극해 "죽은 공이 생전에 마지막으로 쓴 편지"를 팔아먹는 섬세함일까, 아니면 "공의 은밀한

---

7   Jenny Lind(1820~1887), 본명은 요안나 마리아 린드. 스웨덴 출신의 오페라 가수로, 19세기 유럽에서 인기였다.

자선행위에 대한 놀라운 증거"까지 팔고 싶어 안달 난 훌륭한 성직자 ─그는 백중의 차림으로 T.C.의 상점 진열창 맨 앞줄에 서 있었을까 ─ 의 독실함일까? 아니면 "봉투와 봉인까지 그대로 보존된 편지 6통"을 고난에 처한 여인의 상처에 쏟은 선한 사마리아인의 관용일까?

마지막으로 고인의 추모 기념물이 등장한다. 귀중한 기념물은 하디[8]의 넬슨 미니어처가 그렇듯 유족에게는 가장 애틋한 물건으로, 현금이 아니고서는 절대로 광고한 이의 손에서 건네 받을 수 없다.

고 웰링턴 공의 추모 기념물　저명한 고인의 머리카락으로 만든 머리 타래 판매함. 품질 보증. 최고가 낙찰, 선불이며 편지로 예약 신청 받음.

웰링턴 공　현재 미망인이 간직하고 있는 고 웰링턴 공의 머리타래 처분함. 여왕의 대관식 날 아침 자른 머리임. 우편환으로 신청 바람.

고 웰링턴 공의 귀중한 흔적　1841년에 자른 위대한 공의 머리카락

8　Sir Thomas Hardy(1769~1839), 트라팔가 해전 당시 H.M.S. 빅토리 전함의 선장, 넬슨이 죽어가면서 "내게 키스해주게, 하디." 라고 했다는 이야기가 유명하다.

을 다량 보유해오던 한 숙녀가 25파운드에 전량을 기꺼이 양도. 머리카락의 진품 여부와 소유자가 보유하게 된 경위에 대해 충분한 증거가 제시될 것임. 우편 신청만 받으며 선불.

웰링턴 공의 유품 판매 스트랫필드세이에서 웰링턴 공의 이발을 담당했던, 지금은 세상을 떠난 유명 이발사의 아들이, 부친이 자른 공의 머리카락을 상당량 보유하고 있으며 기꺼이 처분하고자 함. 영국 영웅의 머리카락을 소유하고 싶은 사람은 편지로 주문바람.

고 웰링턴 공의 유품 공이 몇 년 전에 입었던 보관 상태 좋은 조끼 판매. 진품 보증.

다음은 의심 많은 사람이 의심하지 않을수록 가치가 상승할 가능성이 큰―꽤 독특한―정선품이다.

웰링턴 공의 기념품 《나폴레옹의 죽음: 알렉산드르 만초니의 애가, 에드몽 안젤리니의 프랑스어 번역 첨부. 베니스에서 출간》. 웰링턴 공이 마차를 타고 켄트를 통과하던 중 찢어서 마차 밖으로 던져버린 책의 제목. 마침 그 광경을 목격한 누군가 낱장을 주워서 붙인 책이 바로 이것임. 본 기념품을 소장하고자 하는 사람은 연락바람.

마지막으로, 놀라운 재기와 정신이 집약된 문헌적 산물. 이 책을 소장하지 않고는 어느 귀족이나 신사의 서재도 완전하다고 말할 자격이 없다.

웰링턴 공과 R. 필 경　정치경제와 자유무역에 관한 해박한 지식과 흥미를 겸비한 가치 높은 저작물. 1830년에 출판되자마자 두 정치인이 즉시 구입한 바 있는 이 책 한 권을 처분. 우편으로만 신청 가능.

독자를 위해 이쯤에서 인용을 끝내야겠다. 그렇지 않으면 이번 호 잡지의 지면을 몽땅 할애하고도 모자랄 것이다.

우리는 이런 국장의 문제 ―보편적인 사고에 끼치는 유해하고 혼란스러운 부작용은 차치하고라도 장례 중시와 불가피하게 함께 가는 장례식 비용과 성대한 장관 그리고 그로 인한 피해 때문에 사회 전 계층을 위해서는 대대적인 개혁이 시급하다― 가 단순히 그렇지 않은 것을 그런 척하는 자체에 있고, 본질 대신 형식만 있을 정도로 지나치게 비현실적이며 판에 박힌 데다 진부하기 짝이 없고, 속이 들여다보일 정도로 극적인 술수를 써서 죽음의 두려움과 엄숙함은 온데간데없고 부끄러움을 모르는 장사꾼들만 고인이 된 유명인사의 관 뚜껑 위에서 흥정을 하도록 부추기는 데 있다고 본다. 그가 단순히 군사령관으로서 예우를 받으며 전 국민의 조용한 애도 속에 무덤에 묻혔더라도 위대한 웰링턴 공의 사적인 편지와 그 밖의 추모 기념품은 여전히 광고되고 팔렸을 것이다. 우리는 그 점을 의심하지 않는다. 다만 그럴 경우 장사꾼들이 그의 유품을 가지고 공공 박람회나 장의사들의 대규모 풍물 시장을 벌이듯 하지는 못했을 거라고 확신한다. 의전 장관실[9]이나 문장원(紋章院)[10]의 싸구려 장식물을 섬뜩하기만 한 "사람이 헛되이 걸어 다니고 헛되이 분주한 헛된 그림자가 되어 사라지는 것"[11]과 연결시키려는 시도는 너무 안이하다. 그 두 가지 사이에는 신이 정해놓았고 인간의 힘으로는 절대 건널 수 없는 어마어마한 거리의 심연이 존재한다. 그렇지 않고서야 화요일 저녁에 (프랑스 육군원수로 가장해) '영웅을 조문했던 '그 국회의원'이 수요일 저녁에는 흄 씨[12]를 만나 한바탕 웃음을 터뜨린 그 국회의원이라고 하면 누가 믿겠는가? 그 영웅에 대해 아직 논의 중이고 그가 무덤 속으로 들어가기 전인데도 말이다.

신문의 기계적인 시의성 때문에 국장일 저녁에 이 기사를 쓸 필요가 있었다. 우리는 이미 지면을 통해 국장을 잘못으로 간주하고 있음을 시사한 바 있으며, 이제 차분히 생각할 기회를 갖기 위해 이 지면을 통해 이 문제를 차분히 제기하고자 한다. 이번 국

---

9 Lord Chamberlain's Office. 왕실의 의전행사를 관장하는 역할을 맡고 있다.

10 Heralds' College. 잉글랜드·웨일스·북아일랜드의 문장 인가 등의 업무를 관장하였다.

11 시편 39절.

12 Joseph Hume(1777~1873), 의회에서 공공지출에 관한 여러 가지 법령에 도전하고 직접 투표를 부르짖었던 급진적인 의원. 웰링턴 공은 생전에 반대파인 토리 당원이었다.

장이 얼마나 큰 해를 끼쳤을지 상상하기는 쉬우나, 어떤 좋은 영향을 끼쳤을지는 상상하기 어렵다. 위대한 웰링턴 공의 직계 후손들에게 티끌만한 만족이라도 주었거나 그 빛나는 이름에 희미한 빛이라도 비췄을 거라고 추측하기는 더욱 어렵다. 만약 이런 거창한 의식이 영국 국민들의 일반적인 바람이라고 판단했다면, 국민들의 성향을 잘못 해석했고 일반적 수준을 낮게 평가했다고 대답해주고 싶다. 당연한 일이지만 그 두 가지를 하루 빨리 더 높게 평가할수록 우리 모두 실패하지 않을 것이다. 이런 글에 대해서는 당연한 바이지만, 우리는 이 글이 진실을 조금이라도 훼손하지 않았기를 바란다. 그 의식은 모든 면에서 잘 거행되었고 영국민들은, 비록 같은 국민들 중에 어리석게도 그 가치를 훼손시킨 사람들 때문에 체면이 깎이기는 했지만 처음부터 끝까지 잘 교육받은 고결한 특성을 잃지 않았다. 그럼에도 굳이 우리의 바람을 밝히자면, 1852년 11월 18일자로 이 땅에서 국장이라는 것은 끄덕끄덕 흔들거리며 런던 시내를 통과한 멋대가리 없고 천박한 영구차[13]에 실려 무덤으로 들어갔으면 하는 점이다. 또한 반대의 의견을 충분히 감안하더라도 역사가 자비롭게도 그 추악한 기구 — 템플 바가 그 기구를 받아들일 가치가 있었던 만큼, 그 기구도 검은 천으로 치장한 템플 바를 지나갈 자격은 되었다 — 를 무

---

[13] 18톤에 이르는 거대한 영구차로 말 열 마리가 끌었으며 온갖 장신구와 문장으로 치장했다. 디킨스는 안젤라 버뎃 쿠츠 양에게 보낸 편지에서 이 영구차가 현란한 색깔에 움직임까지 불안한, 전반적으로 실패투성이의 추악한 기계였다고 설명했다.

웰링턴 공의 영구마차
〈일러스트레이티드 런던 뉴스〉 1852년 11월 20일자 일러스트.

지의 어둠으로부터 구출해낼 때 영국은 그의 진실되고 용맹스러
우며 소탈하고 자제력 강한 진면목을 추억하며, 그 기구를 이 민
족의 마지막 괴물로 전락시켜 그토록 사랑하고 충성을 다했던 조
국에 마지막 봉사를 한 이가 웰링턴 공이라는 사실을 놀라워하
며 반추할 거라고 확신한다.

저널리스트로서의 디킨스

이 책에 실린 여덟 편의 에세이는, 디킨스 자신이 창간한 두 잡지 〈일상적인 말들〉과 〈일 년 내내〉에 게재된 것들이다(수록된 에세이 중 〈길을 잃다〉, 〈마권판매소〉, 〈죽음을 거래하다〉 세 편이 〈일상적인 말들〉에 게재되었으며, 나머지는 〈일 년 내내〉에 게재되었다). 그 제목들만 보아도 19세기 런던 사회의 갖가지 병폐와 디킨스의 다양한 사회적 관심사를 짐작할 수 있다. 공장이나 제철소에서 쥐꼬리보다도 못한 임금을 받는 가난뱅이들을 사기 쳐 주머니를 터는 마권판매소, 집에서 삯일을 하는 사람들, 남이 받은 동냥까지도 빼앗으려고 달려드는 오십여 명의 부랑아들, 런던에서 하루 종일 길을 잃고 헤매는 아이들. 〈아마추어 순찰기〉에서는 평소 범죄와 경찰 제도에 관심이 많아 실제 순경들과 함께 야경을 돌고 사건을 기록해 경찰 보고서를 내기도 했던, 말 그대로 완벽한 신문기자였던 디킨스의 모습도 엿볼 수 있다.

찰스 디킨스는 성공한 소설가이기 이전에 유능한 기자였고, 20세기 초까지도 영국 최고의 의회 전문기자로 알려져 있었다. 다만 본인이 생각하는 것만큼 저널리스트로서의 평가가 높지 않다고 여겼는지, 말년에는 한 미국인 편집자에게 "젊은 시절 신문사에서 혹독한 훈련을 잘 견뎌낸 것이 나의 첫 번째 성공이라고 생각한다."고 털어놓았다. 디킨스 하면 《어려운 시절(Hard Times)》이라든지 《올리버 트위스트(Oliver Twist)》 등의 소설을 통해 대영제국이 패권 국가이던 당시 제국의 중심부에서 잊히고 소외된 이들의 삶을 부각시켜 계급 불평등이라든지 산업사회 노동자들의 비참한 삶을 부각시켜 사회 변혁에 일조한 작가로 유명하지만, 그는 소설 못지않게 저널리즘으로도 펜의 위대함을 보여주었다. 카를 마르크스도 그가 혁명을 옹호하거나 규정된 정치 강령을 따르진 않았어도 "전문 정치인이나 정치 평론가, 학자들보다도 더 많이 정치, 사회적 진실에 대해 말했다."고 인정했다. 실제로, 35년의 활발한 활동 경력 중에 그가 쓴 논픽션은 백만 단어가 넘었다.

디킨스가 저닐리스트로서의 경력을 처음 쌓기 시작한 것은 1829년 〈닥터스 커먼 코트(Doctor's Common Court)〉라는 언론사의 프리랜서 기자로 일하면서부터였다. 2년 전인 열다섯 살 때 이미 어머니의 손에 이끌려 법률회사 사환으로 들어갔지만 업무에

싫증을 느껴 독학으로 속기술을 배웠다. 이 속기술은 그가 기자로 일하는 내내 밑거름이 되어주었다. 1832년 먼 친척인 존 배로(John Barrow)가 막 창간한 〈의회의 거울(Mirror of Parliament)〉이라는 신문사에 들어가 의회에서 일어나는 일을 보고하는 기자가되었을 때도 그는 속기술 덕분에 정확하고 빠르게 기사를 쓸 수있었다. 기자로서 그는 의회에서 의원들 간에 의회 개혁이라든지노예 매매 폐지, 공장 노동자의 보호를 위한 입법을 둘러싸고 벌어지는 토론 내용을 기록했다. 그때 디킨스는 대부분의 정치가가"별 의미도 없는 말을 지껄이며" 시간이나 축내는 "거만한" 사람들이라고 생각했다. 그러나 영국을 더 살기 좋은 나라로 만드는데 진정한 관심을 가진 듯 보이는 몇몇 국회의원에 대해서는 깊은인상을 받았다.

한편 1832년부터 디킨스는 몇 개의 정기간행물을 포함해 진보적인 신문 〈더 선(The Sun)〉에 기사를 싣기 시작했다. 주로 의회에서 일어나는 일에 대한 상당한 지식을 이용해 의회 개혁을 촉구하는 기사를 썼다. 1832년 개혁안을 통과시키기로 의회에서 마침내 합의했을 때 대부분의 진보주의자들과 마찬가지로 디킨스도 기뻐했지만, 그것으로는 아직 멀었다고 생각했다. 1834년에는 의회에서 통과될 신구빈법을 기사화했다. 디킨스는 빈곤을 태만과 낭비의 결과로 여기고 구빈비 절약을 위해 노역소를 노동력제공의 수단으로 이용하려는 가혹한 공리주의 및 자유주의 경제 사상에 단호히 반대했다. 따라서 노동이 가능한 빈민을 노역소에 배치시키고, 구제받는 빈민의 생활조건을 극빈한 노동자의 생활수준보다 높지 않게 하며, 빈민들이 입소할 마음이 생기지 않도록 노역소의 환경을 열악하게 만들어 빈민들이 구제에 의존하지 못하게 하려는 신구빈법을 비판했다. 그는 또 "가족을 해체시키고, 노역소 수용자들에게 배지나 눈에 띄는 복장을 착용하게" 하는 것에 반대하는 윌리엄 코베트 의원이라든지, 구빈원이 "겁에 질린 수용자로 하여금 구호를 포기하도록 하는 감옥"으로 변질되고 있다고 지적한 토머스 애트우드 의원의 연설에 깊은 감명을 받았다. 당시 구빈원을 비롯해 빈민들의 열악한 생활 환경은 저널리스트 디킨스의 중요한 관심사였다.

1834년 8월 디킨스는 〈모닝 크로니클(Morning Cronickle)〉지의 편집장인 존 블랙의 권유로 기자로서 일하게 되었다. 디킨스는 블랙을 "나의 진가를 진심으로 알아준 사람"이라고 평했고, 블랙은 디킨스의 독창적인 천재성을 눈여겨보았다. 디킨스는 블랙이 고용한 열두 명의 정치 전문기자 중 한 명이었다. 사회개혁가인 블랙은 디킨스가 보수적인 일간지 〈더 타임즈(The Times)〉와 경쟁하는 팀의 주요 멤버가 되어주기를 바랐다. 디킨스는 훗날 런던 밖에 있는 정치가들의 선거 유세 연설 취재를 다니던 당시를 이렇게 회고했다. "내 속기록을 가지고 인쇄본을 만들었는데, 정확성이 요구되는 중요한 대중 연설은 한밤중 거친 시골길을 달리는 말 네 필이 끄는 마차 뒷좌석에 앉아 랜턴 불빛에 의지해

청년시절의 디킨스
그가 스물일곱 살이던 1839년 제작된 초상화.

손바닥에다 속기록을 풀어 기사를 완성시켰다." 의회 안에서도
기자들은 의회 방청석 뒷줄에 앉게 되어 있어 회의실에서 하는
말도 잘 들리지 않는 데다 어둡고 환기도 안 되어 오래 앉아 있기
힘든 환경이었지만, 디킨스는 정확하고 믿을 만한 기사를 쓰기로
정평이 나 있었다.

　같은 해 디킨스는 〈모닝 크로니클〉의 동료 기자인 조지 호가
스의 권유로 자매지인 〈이브닝 크로니클(Evening Cronickle)〉의 편
집장이 되었다. 한편으로 호가스는 그에게 '보즈'라는 필명으로

『런던 스케치(London Sketches)』라는 이름의 연재 기사를 써줄 것을 의뢰했다. 또 디킨스를 켄싱턴에 있는 자기 집에 초대해 열아홉 살인 큰딸 캐서린을 소개해주었다. 디킨스는 처음 그녀에 대해 별로 매력을 느끼지 못했다. 우선 스코틀랜드 태생인데다 문학에 조예가 깊으며 교육받은 집안 출신이라 디킨스가 만나보았던 처녀들과는 매우 달랐다. 그럼에도 호가스 집안은 디킨스를 동등하고 따뜻하게 대해주었고, 특히 조지 호가스는 디킨스의 작품에 대단히 열광했다.

이 시기에 디킨스는 뉴게이트 감옥을 방문했다. 그는 특히 감옥의 젊은 여성들이 겪는 고난에 관심이 많았다. 그는 대개 가난한 집안에서 태어나 부모의 사랑을 받지 못하고 어려서부터 거리를 떠돌다 악의 구렁텅이에 빠지거나 매춘의 길로 들어서는 여성들의 악순환을 정확히 이해하고 있었다. 이런 내용의 기사는 디킨스의 주요 관심사가 되었다. 훗날(1846년) 디킨스는 부유한 금융자산 상속자 안젤라 버뎃 쿠츠(Angela Burdett Coutts)와 뜻을 모아 매춘부와 여성 노숙자들을 위한 구제소를 설립하기도 했다.

디킨스는 캐서린과 결혼했고, 1836년 스물네 살 생일 직후에는 〈모닝 크로니클〉에 실었던 기사를 책으로 묶은 《보즈의 스케치, 일상의 삶과 사람들의 이야기》를 출판해 비평가들의 호평을 받았다. 사실상 그의 첫 작품집인 《보즈의 스케치(Sketches by Boz)》는 1830년대 중반의 "영락했지만 체면을 중시하는" 런던 귀족과 신사 계급 그리고 런던 자체를 유머러스하게 풍자했다. 복

스홀 놀이공원이나 맘모스 가의 중고품점, 도시의 전당포와 극장, 술집 등등 "거리에서 훈련된 디킨스의 눈과 귀"를 피해갈 수 있는 것은 아무 것도 없었다. 조지 호가스는 디킨스를 "캐릭터와 태도를 가장 세밀하고 정확하게 관찰하는" 능력을 지녔다고 치켜세웠다. 디킨스는 〈모닝 크로니클〉의 사주인 존 이스트호프가 주식 투자로 막대한 돈을 벌자, 동료 기자들과 함께 고용 조건을 두고 짧은 파업을 벌여 뜻을 관철시켰다. 한편으로 디킨스는 편집장인 존 블랙과도 정치적인 견해 차이로 충돌을 빚었다. 공리주의 입법의 시금석이라고 할 수 있는 1834년 수정 구빈법에 관한 의견 차이 때문이었다. 그러나 그것은 겉으로 드러나는 단편적인 이유일 뿐, 인간에 대한 시각이라든지 철학의 차이가 컸다.

마침 《보즈의 스케치》를 필두로 《피크위크 페이퍼(Pickwick Papers)》(1836~1837), 《올리버 트위스트》(1837~1839), 《니콜라스 니클비(Nicholas Nickleby)》(1838~1839)의 잇따른 성공으로 디킨스는 전업 작가가 될 수 있었다. 하지만 저널리즘에 대한 관심을 거두지 않았고, 여러 정기간행물과 신문에 사회 개혁에 관한 기사를 기고했다. 1845년에는 자유당 지지자로서 가장 보수적인 〈더 타임즈〉와 경쟁할 수 있는 일간지를 발행하겠다는 야심을 품었다. 그는 철도 투자로 거부가 된 조지프 팩스턴(Joseph Paxton)을 찾아가 2만 5천 파운드, 또한 출판업자인 브래들리와 에반스로부터 2만 2500파운드의 투자 금액을 유치했다. 그리고

《보즈의 스케치》표지

조지 크뤽섕크의 일러스트가 들어간 1837년 판.

는 자신이 편집장이 되어 〈데일리 뉴스(Daily News)〉를 창간했다.

1846년 1월 21일 창간호에서 디킨스는 "〈데일리 뉴스〉가 표방하는 원칙은 교육과 문화, 종교적 자유, 평등한 입법에 있어 진보와 발전"이라고 했다. 디킨스는 절친한 친구이자 사회개혁가인 더글러스 제럴드를 부편집장으로 고용했다. 그밖에 윌리엄 헨리 윌리스를 부편집장으로, 아버지 존 디킨스는 기자로, 처남인 조지 호가스에게는 음악에 관한 주간 기사를 쓰게 했다. 하지만 결과부터 말하면 〈데일리 뉴스〉는 실패했다. 디킨스가 자신의 의견과 작품에 대한 과신이 지나친 나머지 남들의 비판이나 조언을 무시했기 때문이다. 디킨스는 당시 곡물법을 도입하려는 보수당의 로버트 필이 "부정한 짓을 꾸미고 있다"고 강력하게 일갈하는 논설을 싣기도 했다. 당시 경쟁지인 〈더 타임즈〉는 7펜스에 2만 5천 부를 판매했지만, 〈데일리 뉴스〉는 8면에 5펜스밖에 하지 않았음에도 판매 부수가 급격히 줄었다. 디킨스는 겨우 17호까지만 발간한 후 소설 쓰기에 전념하기로 하고 친구인 존 포스터에게 신문사를 넘겼다.

그 후 디킨스는 가족과 함께 이탈리아와 파리를 여행하고《돔비와 아들(Dombey and Son)》(1848),《데이비드 카퍼필드(David Copperfield)》(1849~1850) 등의 소설을 완성했다. 그리고 안젤라 버넷 쿠츠와 함께 전혀 다른 성격의 여성 빈민을 위한 구빈원을 설립했다. 당시 복지 단체들이 여성들에게 거칠고 가혹한 통제를 가한 데 반해 그들은 규율은 제시하되 따뜻한 환경을 제공하고

자 했고, 읽고 쓰는 법이라든가 기술을 가르쳐 사회에 재편입되는 데 필요한 실질적인 도움을 주고자 했다.

1850년 2월에는 자신의 출판업자인 브래드버리와 에반스, 친구 존 포스터와 함께 주간지 〈일상적인 말들(Household Words)〉을 창간했다. 그 자신은 편집장을 맡았으며 〈데일리 뉴스〉 시절의 기자 윌리엄 헨리 윌스를 부편집장으로 임명했다. 잡지 이름 〈일상적인 말들〉은 셰익스피어의 《헨리 5세》에 나오는 "일상적인 말들처럼 입에 친숙한(Familiar in his mouth as household words)" 이라는 구절에서 따왔다. 〈일상적인 말들〉은 1850년 3월부터 1859년까지 매주 수요일마다 발간되었으며, 한 부에 2펜스밖에 되지 않아서 독자들을 널리 확보했다. 잡지의 각 페이지 상단에는 "찰스 디킨스 책임 편집"이라는 문구를 넣었다.

디킨스는 창간호의 권두언에서 "우리는 독자들의 일상적인 애정 속에 살아가고, 일상적인 생각 속에 들어가기를 갈망한다. 우리는 남녀, 연령, 생활형편을 불문하고 얼굴은 몰라도 수천 명의 독자들과 친구, 동료가 되기를 원하며, 여름철 새벽과도 같은 시대를 살고 있는 독자들에게 우리를 둘러싸고 있는 혼란스러운 세상에 대해 알려주고 선이든 악이든 사회적으로 놀라운 기삿거리를 전달하되 …(중략)… 한낱 공리주의 정신은 거부하고, 정신이 암울한 현실에 단단히 갇히지 않게 감시"하겠다고 했다.

이론적으로 이 잡지는 빈곤한 노동자 계층을 대변했지만, 실상은 사회 개혁의 주체가 될 수 있는 중산층까지를 독자로 상정했다. 정기 광고주는 있었지만 삽화는 없었으며, 익명이나 공동 저자의 기사(연재소설의 작가 이름은 밝혔다) 180편이 실렸다. 내용은 주로 화제성 기사, 에세이, 윌리엄 헨리 윌스나 헨리 몰리, 윌키 콜린스 같은 실명 작가의 소설, 짧은 풍자성 요약기사(chip)였으며, 논픽션은 대다수가 사회적 이슈를 다뤘다. 실명 작가의 소설 외에 익명 기사들은 거의 디킨스의 견해가 반영된 기사라고 해도 과언이 아니다. 소수의 고정 기고가들이, 디킨스가 자신의 문체로 글을 쓰도록 훈련시킨 이들 외에 디킨스의 진보적인 어젠다에 공감하는 추종자들이었기 때문이다. 디킨스는 계속해서 기삿거리를 만들어내기 위해 학교에서 쓸 만한 교재로《어린이 영국사(A Child's History of England)》를 연재했고,《어려운 시절》 같은 사회성 짙은 소설을 연재했다. 침체된 판매부수를 신장하기 위해 1854년 4월 1일부터 연재한《어려운 시절》덕에 주간지의 판매 부수는 두 배로 늘었다.

그러나 디킨스는 공동 소유주인 브래드버리 및 에반스 측과 관계가 좋지 않았다. 디킨스가 아내 캐서린과 별거할 당시 공공연히 그의 편을 들어주지 않았기 때문이었다. 디킨스는 돈이 되는《두 도시 이야기(Tales of Two Cities)》를〈일상적인 말들〉에는 발표하고 싶지 않아서 단독으로 잡지를 펴내기로 결심했다. 그는 우선 브래드버리와 에반스를 상대로 소송을 걸어, 법원으로부터 계속해서 잡지 이름을 사용할 수 있다는 다분히 편파적인 판정을 받아냈다. 그 결과 1859년 4월 〈일상적인 말들〉과 외형이 비슷하고 제호 안에 "〈일상적인 말들〉의 후속판"이라는 문구까지 덧붙인 잡지 〈일 년 내내(All the Year Round)〉가 세상에 나왔다. 제호인 〈일 년 내내〉는 이전 잡지와 마찬가지로 셰익스피어의 《오셀로》에 나오는 구절(1막 3장) "일 년 내내 우리의 이야기(The story of our lives, from year to year)"에서 따온 것이다. 〈일 년 내내〉 초창기에는 주로 디킨스 자신의 소설을 연재했다. 특히 《두 도시 이야기》는 1859년 4월 30일 창간호에 연재를 시작하자마자 즉각적인 반향을 일으켜 잡지가 자리 잡는 데 큰 공헌을 했다. 그밖에 《위대한 유산(Great Expectations)》과 윌키 콜린스의 《흰 옷을 입은 여인(The Woman in White)》도 이 잡지에 실린 대표적인 작품이다.

〈일 년 내내〉는 많은 면에서 〈일상적인 말들〉의 후속판이라는 표현이 적합하다. 우선 '찰스 디킨스가 책임 편집을 맡고 있다'는 문구를 앞세워 광고를 했고, 독자층을 늘리기 위해 판매가를 저렴하게 책정했다. 하지만 미묘한 차이점도 있었다. 〈일 년 내내〉도 픽션과 논픽션을 함께 실었지만 문학작품 연재에 좀 더 역점을 두었다. 따라서 당연히 저자는 실명이었으며, 예전과 달리 탐사 보도라든지 신랄한 공격성 논조는 사라졌다. 논픽션의 11퍼센트는 국제 문제나 문화를 다루었고, 프랑스나 이탈리아의 범죄 기사, 미국 관련기사, 새로운 과학의 발전(찰스 다윈), 투자자들의 삶과 분투, 먼 지역으로의 탐험과 모험, 빈민들의 자립에 관

A TALE OF TWO CITIES.

IN THREE BOOKS.

BOOK THE FIRST. RECALLED TO LIFE.

DISCONTINUANCE OF HOUSEHOLD WORDS.

THE LAST NUMBER of Household Words will be published on Saturday, May 28th; from and after which date, that publication will be merged into **ALL THE YEAR ROUND.**

ON MAGAZINE DAY WILL BE PUBLISHED, PRICE 11*d.*,

The First Monthly Part, consisting of Five Weekly Numbers, of

ALL THE YEAR ROUND.

CONTAINING,

BESIDES ORIGINAL ARTICLES OF PRESENT INTEREST,

A TALE OF TWO CITIES.
By CHARLES DICKENS.

BOOK THE FIRST. RECALLED TO LIFE.

Chap. 1. The Period	Chap. 4. The Preparation
2. The Mail	5. The Wine Shop
3. The Night Shadows	6. The Shoemaker

BOOK THE SECOND. THE GOLDEN THREAD.
Chap. I. Five Years Later

Published at 11, WELLINGTON STREET, NORTH, STRAND W.C
And 193, PICCADILLY, LONDON, W

of British subjects in America; which, strange to relate, have proved more important to the human race than any communications yet received through any of the chickens of the Cock-lane brood.

France, less favoured on the whole as to matters spiritual than her sister of the shield and trident, rolled with exceeding smoothness

B

《두 도시 이야기》

《일상적인 말들》이 폐간되며 《일 년 내내》가 후속판이라는 안내와
소설의 광고 문구가 붙어 있다.

한 기사를 다루었다. 한편 미국 출판업자들 사이에 국제 저작권법에 대한 인식이 어느 정도 정립되었다고 판단한 디킨스는 미국과의 동시 발간을 추진했다. 그 말은 시의성이 떨어지지 않게 기사 연판을 적어도 2주일 반 전에는 배에 실어 미국으로 보내야 한다는 의미였다. 정기 기고가들은 이런 점을 비판했지만, 크리스마스 특별판의 판매 부수가 30만 부가 넘는 등 〈일 년 내내〉는 상업적으로 큰 성공을 거두었다. 〈일상적인 말들〉의 판매부수가 3만 6천~4만 부였던 데 비해, 이 새로운 잡지는 10만 부 아래로 내려간 적이 별로 없었다.

어릴 적부터 노래와 연기에 관심이 많았던 디킨스는 극단을 창단하여 1847년에는 빅토리아 여왕 앞에서 연극작품을 공연하고, 윌키 콜린스의 멜로드라마 〈꽁꽁 얼어붙은(The Frozen Deep)〉을 연극으로 제작하기도 했다. 그런가 하면 1853년부터 《크리스마스 캐럴(Christmas Carol)》을 가지고 첫 낭독회를 연 후 기회가 있을 때마다 영국 전역을 돌아다니며 낭독회를 열었다. 디킨스의 낭독회는 해외에서까지 인기가 있어서 스코틀랜드와 미국에서도 열었고, 뇌졸중으로 쓰러지기 전까지 디킨스가 가장 애착을 가진 활동이었다.

이렇듯 바쁜 외부활동으로 디킨스가 단독 기사를 거의 쓰지 못할 무렵, 1859년 12월 〈일 년 내내〉의 경쟁지를 표방하며 조지 머리 스미스(George Murray Smith)라는 출판업자가 〈콘힐 매거진

디킨스의 뉴욕 낭독회
1867년 스타인웨이 홀에서의 낭독회 입장권을 사기 위해 모여든 인파.

(Cornhill Magazine)〉을 창간했다. 〈일 년 내내〉와 비슷한 포맷으로 다양한 주제의 에세이와 연재소설을 발표했던 이 잡지의 편집장은 디킨스의 가장 막강한 경쟁자인 윌리엄 새커리(William Thackeray)였다. 특히 이 잡지에 연재한 새커리의 『우회적인 이야기들(Roundabout Papers)』(1860~1863)은 사람들에게 큰 인기를 끌었다.

이에 자극받은 디킨스는, 자신의 생활양식에 맞고 새커리에 대항할 수 있는 새로운 연재물의 페르소나를 고민하게 되었다. 그러던 중 1859년 12월 22일 디킨스가 명예 교장 겸 재정 담당을 맡고 있던, 런던에 있는 상업적 여행자 학교[1]에서 연설할 기회가 있었다. 디킨스는 학교 이름에서 영감을 받아『비상업적인 여행자 (Uncommercial Traveller)』라는 연재물의 제목과 페르소나를 선택했다. 이러한 명칭은 실제 여행을 즐길 뿐만 아니라 여행 중 보고 알게 된 것을 조사하고 기록하기 좋아하는 디킨스의 성향과도 잘 맞아떨어졌다. 디킨스는 부와 안락함을 얻은 말년에도 쉬지 않고 여행하였고 한가하게 도시를 거니는 신사 즉 '산책자'가 되어 런던 거리를 걸어 다니는 것을 좋아했다. 그 '산책'은 런던 거리에 국한되지 않고 인접한 외국과 북미까지도 확장되었고, 특히 불면증으로 고생할 시절에는 밤새 노숙자처럼 떠돌아다니며 빅토리아 시대 화려한 런던의 뒷골목에 대한 통찰을 얻었다. 디킨스는 이 타이틀을 무척 마음에 들어 해서, 친구에게 보낸 편지에 스스로 '비상업적인 여행자' 또는 '위대한 영국의 방랑자'라고 칭하곤 했다.

그런데 '비상업적인'이라는 말을 만들 당시 디킨스에게는 여행을 좋아하는 페르소나를 표현하려는 것 외에 '상업'이라는 말에 담겨 있는 부정적인 이미지로부터 거리를 두려는 의도도 있었다. 당시(1860년 1월)에는 디킨스가 폄하했던 정치·경제계 맨체스터

---

1 정식 명칭은 The Royal Commercial Traveller's Schools. 열정적이고 유능한 여행가 존 로버트 커플리가 설립했다. 길에서 죽음을 맞았거나 생계유지가 불가능한 동포의 자녀들에게 숙소와 음식, 의복과 교육을 제공하기 위해 설립한 학교이다. 나중에 The Royal Pinner Schools로 바뀌었고, 1967년에 문을 닫았다.

학파의 주요 인물인 리처드 코브던 의원이 프랑스와의 악명 높은 통상조약에 서명함으로서, 중상주의에 대한 비판적인 여론이 거셌다. 양당이 치열한 논쟁을 벌이게 했던 그 조약은, 표면적으로는 영국과 프랑스 간의 전쟁 가능성을 막기 위한 불가피한 조치라고 했지만 비평가들은 외교 정책의 방향이 윤리적 고려가 아닌 상업적이고 경제적인 동기에 좌우된 사실을 비난했다. 마찬가지로 '대량, 대규모'에 가치를 두는 공리주의자들의 비인간적인 사고가 국민의 삶에 끼치는 영향을 비판하는 시각은 『비상업적인 여행자』 에세이의 주된 기조였다.

당시의 상황과 디킨스의 공적인 일정 모두를 고려해 '비상업적인 여행자'라는 틀을 도입하고 발전시켰지만, 사실 이는 고전적인 에세이스트로부터 디킨스가 어린 시절 좋아한 18세기 정기간행물들의 에세이스트에게로 이어져 내려온 영국의 에세이와 여행기 쓰기 전통에서 유래했다고 볼 수 있다. 동시에 그는 〈길을 잃다〉와 같은 에세이에서 어린 시절 좋아했던 찰스 램(Charles Lamb)이라든가 올리버 골드스미스(Oliver Goldsmiths), 레이 헌트(Leigh Hunt) 같은 거장들의 정겨운 에세이 전통을 탁월하게 발전시켰다. 또한 '비상업적인 여행자'를 도심에 사는 독신의 신사로 설정한 것은 조지프 애디슨(Joseph Addison)과 리처드 스틸(Richard Steel)의 일간지 〈관찰자(Spectator)〉, 헨리 매킨지(Henry mackenzie)의 수필집 《한량(Lounger)》과 연결된다. 그런가 하면 다소 엉뚱하고 만나는 사람에게 겸손한 주인공의 태도는 램의 엘리아,[2] 워싱턴 어빙의 제프리 크레용[3]과 닮았다. 따라서 〈일 년 내내〉에서도 시류에 민감한 문제를 분석할 때 〈일상적인 말들〉에서와 같이 토머스 칼라일(Thomas Carlyle) 식의 수사를 이용했지만, 그 접근 방식은 놀라울 정도로 느긋하면서도 비전투적이다.

디킨스는 『비상업적인 여행자』에서 자전적인 요소를 강조하면서, 간과해서는 안 되는 놀라울 정도로 광범위한 시사적 이슈들에 대해 객관적인 관심을 보여준다. 예를 들면 노숙자 문제, 런던 거리의 폭력성, 노역소의 환경, 정책의 효율성, 상선 노동자의 삶, 부랑아, 실업, 도시 공동화, 백랍 공장의 안전성, 조선소 등 다양하다. 한편 디킨스는 자신의 산책을 두 가지 유형으로 구분한다. 활발한 걸음걸이로 목적지를 향해 곧장 가는 식과, 목적지 없이 유유자적하며 방랑자처럼 돌아다니는 식이다. 그리고 또한 사회적인 이슈냐, 예술적인 주제냐에 따라 다른 방식으로 산책자의 망토를 걸친 채 원숙하며 세련되고 무게감 있는 산문으로 접근해간다.

1830년대 인간 행동의 어처구니없고 충격적인 모습에 예민한 귀와 눈을 한껏 열었던 〈모닝 크로니클〉의 젊고 활기 넘치는 기자 시절, 그리고 1840년대 런던 거리에서 벌어지는 일상과 인물

---

2 수필집 《엘리아의 에세이(Essays of Elia)》의 주인공.
3 선집 《스케치북(The Sketch Book of Geoffrey Crayon, Gent)》의 주인공.

들의 모습을 생생하게 묘사한《보즈의 스케치》를 비롯하여 〈이그재미너(The Examiner)〉 등 여러 정기간행물에 분노하는 익명 기사를 실었던 직설적이고 격론을 좋아했던 기자 시절은 저널리스트 디킨스를 완성시키는 데 중요한 역할을 했다. 그리하여 1850년대에 이르러 디킨스는 〈일상적인 말들〉에 시사와 관련된 통렬한 풍자와 위트 섞인 조롱, 뛰어난 탐사 보도의 훌륭한 사례들을 쏟아낼 수 있었다. 이어서 1857년에서 1859년까지 개인적인 격변을 겪으면서 〈일 년 내내〉라는 새로운 잡지를 창간했고, '비상업적인 여행자'라는 페르소나를 만들어냈다. 『비상업적인 여행자』 연재를 통해 디킨스는 풍자작가, 탐사보도 기자, 나아가 친근한 에세이스트로서의 면모를 유감없이 과시하였다. 이는 여행자라는 페르소나를 이용해 이슈에서 한 발 물러난 듯 초연한 태도로 자신은 물론, 과거와 현재의 경험에 대한 자신의 반응을 관찰하고 반추할 수 있었기에 가능한 일이었다고 하겠으며, 이 선집의 글들은 그러한 그의 진수를 보여주고 있다.

말년의 디킨스
영국의 국민 소설가로 자리 잡은 디킨스의 위풍당당한 모습.

참고문헌

Charles Dickens, *Selected Journalism: 1850~1870*, ed. David Pascoe, Penguin Books, 1997.
Charles Dickens, *The Night Walks*, Penguin, 2010.

은행나무 위대한 생각 04

밤 산책

1판 1쇄 발행 2014년 4월 16일
1판 4쇄 발행 2024년 4월 12일

지은이 · 찰스 디킨스
옮긴이 · 이은정
펴낸이 · 주연선

편집 · 신소희 이진희 백다흠 강건모 임유진 오가진 박나리
디자인 · 김서영 손혜영
마케팅 · 장병수 김한밀 정재은
관리 · 김두만 구진아 유효정

(주)은행나무
04035 서울특별시 마포구 양화로11길 54
전화 · 02)3143-0651~3 | 팩스 · 02)3143-0654
신고번호 · 제 1997-000168호(1997. 12. 12)
www.ehbook.co.kr
ehbook@ehbook.co.kr

ISBN 978-89-5660-765-8 04800
ISBN 978-89-5660-761-0 (세트)